跟着故事学对联

巫乃刚◎编著

安徽师范大学出版社
ANHUI NORMAL UNIVERSITY PRESS
·芜湖·

图书在版编目(CIP)数据

跟着故事学对联 / 巫乃刚编著. -- 芜湖 : 安徽师
范大学出版社, 2024. 12. -- ISBN 978-7-5676-6796-9

Ⅰ. I207.6-49

中国国家版本馆CIP数据核字第2024EX5577号

跟着故事学对联

巫乃刚◎编著

GENZHE GUSHI XUE DUILIAN

责任编辑:赵传慧　　　　　　责任校对:李晴晴

装帧设计:王晴晴　冯君君　　责任印制:桑国磊

出版发行:安徽师范大学出版社

　　　　　芜湖市北京中路2号安徽师范大学赭山校区

网　　　址:http://www.ahnupress.com/

发 行 部:0553-3883578　5910327　5910310(传真)

印　　刷:江苏凤凰数码印务有限公司

版　　次:2024年12月第1版

印　　次:2024年12月第1次印刷

规　　格:700 mm×1000 mm　1/16

印　　张:13.75

字　　数:232千字

书　　号:978-7-5676-6796-9

定　　价:49.90元

凡发现图书有质量问题,请与我社联系(联系电话:0553-5910315)

自　序

　　对联是中华民族独特的艺术形式，雅俗共赏，老少咸宜，历史悠久，而且俯仰可见，承载着我们民族的情感态度和价值取向，在中华优秀传统文化中绽放着不朽的光辉。它深深植根于百姓生活，广泛运用于中华大地，融入生活的方方面面，折射着中华民族独特的风俗传统、节日文化、语言艺术、书法字体、审美情趣等。一副副对联营造着浓厚的民族文化氛围，是我们中国人精神生命的源泉之一。因此，加强对联的学习、传承和推广，具有重要意义。

　　目前市场上关于对联的图书也有不少，或偏于收集对联故事，或偏于对联集锦，或偏于对联理论。鉴于此，本书旨在帮助读者在阅读一个个妙趣横生的故事后找到相关的对联知识点，再进行一定的实践运用，提升对联文化素养和创作能力，继承传统文化，弘扬民族精神，激发文化自信。

　　学习对联文化，更加坚定文化自信，让中小学生在学习的起步阶段领略中华民族最美、最有趣的文学形式，这是我的心愿。

　　本书注重读用结合。本书分为六章，内容循序渐进。每章十六个栏目，每个栏目包括趣味故事、知识点击、小试身手三个板块。趣味故事，使读者跟随故事学习对联基本常识，了解对联相关特点，学会运用、赏析对联，比如字句对等、词性对品、结构对应、节律对拍、平仄对立、形对意联等。知识点击，促进读者了解对联知识及蕴含的人文精神，坚定文化自信，增强家国情怀。小试身手，通过适当的练习，提高读者的语言文字运用能力，逐步形成对联文化素养的个性化表达能力，

为读者打下必要的对联运用基础，提升赏析素养。另为体现知行合一，前三章还特别设置了应用实践栏目。

本书注重兴趣激发。充分考虑中小学生随着年龄增长对于知识的学习由浅入深这一特点，从故事入手，从感性到理性，努力贴近读者生活、学习和思想实际，激发阅读兴趣。内容梯度设计、前后衔接、难度适宜、螺旋上升。

本书遵循学科规律。充分认识对联文体的特点，始终聚焦对联的基本内容，通过诵读、识对、属对、欣赏、撰写等语言实践活动的开展，激发读者的学习兴趣，丰富个体的言语经验，逐步提高正确有效运用祖国语言文字、利用对联进行交流沟通和表达的能力。

本书坚持整体设计。中华优秀传统文化内容丰富，形式多种多样，将对联知识与人文历史、风土人情、民族价值观、时代热点相结合，形成多维互动、系统推进的知识格局和价值导向。全书趣味性、知识性、实用性、时代性有机统一。

本书可作为中小学生学习对联的教材和读本，也可供对联爱好者休闲阅读。当然，对联故事由于千百年来的流传，难免会有各种各样的版本，其中相关人物、时间地点、具体细节等，可能会和大家的阅读期待有所出入，请读者朋友们包容。本人水平有限，欢迎读者批评指正，多提宝贵意见，我们共同传承中华优秀传统文化。

巫乃刚甲辰立春写于觉晓堂

目录

跟着故事学对联

目
录

第一章　联之知识初览

一、对联的起源

一副对联预言了朝代兴亡

早在秦汉以前，我国民间过年就有悬挂桃符的习俗。所谓桃符，就是把传说中的降鬼大神"神荼"和"郁垒"的名字，分别书写在两块桃木板上，悬挂于左、右门，以驱鬼压邪。这种习俗持续了一千多年，到了五代，人们才开始把联语题于桃木板上，选用桃木，是因为传说中它能辟邪。据《宋史·蜀世家》记载，五代后蜀主孟昶"每岁除，命学士为词，题桃符，置寝门左右。末年（公元964年），学士幸寅逊撰词，昶以其非工，自命笔题云：新年纳余庆　嘉节号长春"。这是我国最早的一副对联。

这副对联是什么意思呢？孟昶写的这副对联，上联和下联都是五个字，其中"新年"对"嘉节"，"余庆"对"长春"，十分工整。"纳"是"享受"的意思，"余庆"指"先代的遗泽"。上联的大意是"新年享受着先代的遗泽"，下联的大意是"嘉节预示着春意常在"，全联蕴含着喜迎新春、祈求幸福的意思。对联的头尾还嵌入"新春"两个字，中间嵌入了"嘉节"两个字，合起来为"新春嘉节"，非常巧妙。

这本来是一副寓意美好的春联，没想到此联作成后的第二年，后蜀便被北宋所灭，孟昶成了亡国之君。

后蜀亡国之后，孟昶被押解进京，宋太祖赵匡胤任命吕余庆为成都知府，吕余庆这个人正好应了上联的"新年纳余庆"。当时北宋有个节日就叫长春节，而且这个长春节就是宋太祖赵匡胤的生日。孟昶的"嘉节号长春"一句，等于是恭贺宋太祖的生日，果然第二年孟昶亡国被俘，被押解到了开封，亲自给宋太祖祝寿去了。

孟昶真是一个了不起的预言家。

知 识 点 击

对联又称对偶、门对、春贴、春联、对子、桃符，因古时多悬挂于楼堂宅殿的楹柱而又得名楹联，以"对联"称之，则开始于明代。

"对"用以强调其对仗的文学性质以及成对出现的文学形式。对联是楹联的泛称，可以包括文字游戏，在一般情况下两者可以通用。

对联起源于桃符，是写在纸、布上或刻在竹子、木头、柱子上的对偶语句。言简意深，对仗工整，平仄协调，字数相同，结构相同，是中文语言的独特的艺术形式。对联是利用汉字特征撰写的一种民族文体，因与书法的巧妙结合，成为中华民族的艺术独创。因与习俗传统的巧妙结合，对联又成为中国传统文化的重要组成部分。2005年，中国国务院把楹联习俗列为第一批国家非物质文化遗产名录。

小 试 身 手

你见到过哪些对联？请把你印象最深的两副对联写在下面。

第一副：上联＿＿＿＿＿＿＿＿＿＿＿＿＿＿＿＿＿＿＿＿＿＿

　　　　下联＿＿＿＿＿＿＿＿＿＿＿＿＿＿＿＿＿＿＿＿＿＿

第二副：上联＿＿＿＿＿＿＿＿＿＿＿＿＿＿＿＿＿＿＿＿＿＿

　　　　下联＿＿＿＿＿＿＿＿＿＿＿＿＿＿＿＿＿＿＿＿＿＿

二、对联的种类（按字数分）

好好店

清文学家李调元（1734—1803），号雨村，四川绵州罗江县人，以善于对对联闻名。有一年，李调元被调到了南方，担任广东学政。一次，途经一家小食店吃茶，李调元仔细看了看店铺，发现店铺虽小，却什么都有，而掌柜的是一对老夫妻。或许是因为位置较为偏僻，店中生意并不好。李调元见此，有心想帮上一把，便让老掌柜拿出纸笔，想替他写一副对联，以此来招揽客人。老掌柜一听，顿时高兴极了，急忙取出笔墨纸砚，铺开了纸，蘸足了墨。李调元刚要下笔，只见那老婆婆给他端来了一碗荷包蛋，让他趁热吃了，李调元被老婆婆这一举动给分了心，走了神，竟然在纸上大笔一挥，写下了五个大字：两个荷包蛋。

李调元写完才反应过来，顿时哈哈大笑，有些尴尬，小声说道："我怎么写了这个？再拿纸来。"老掌柜一听，急忙回应道："我只有一张万年红纸，裁成三条了，两条写对联，一条写横批。"店中现在没有多余的红纸，那怎么办？李调元陷入了沉思，突然灵机一动，又大笔一挥写出：一张万年红。

老掌柜一看，连连称妙，非常高兴。原本这上联太过于平常且感觉不出气势，而下联一出效果就不一样了，且是一句吉利话。李调元见此，也乐得自在，又在横批上写了两个字：好好。

很快，李调元给小店写对联的事就传开了，许多外地慕名而来的人，将小店围了个水泄不通，小店的生意火得一塌糊涂。老掌柜见此，连忙将小店名改为了"好好店"，没想到这一改，生意竟然更好了。

知 识 点 击

对联的种类很多，按字数可以分为短联、中联和长联。

1. 短联

字数在十个字以内的对联。如：两个荷包蛋，一张万年红。

2. 中联

字数在一百个字以内的对联。如：老吾老以及人老，幼吾幼以及人幼，老幼在宥；先天下之忧而忧，后天下之乐而乐，忧乐与同。

3. 长联

字数在一百个字以上的对联。我国美术家、教育家张安治在1986年秋应桂林园林学会的邀请，为桂林伏波山公园内修建的"伏波晚棹"牌楼撰写了一副对联：

洪荒初辟，是群星陨落银河？是女娲补天遗石？千峰竞秀，八桂名城。象鼻低垂，静吸江心皓魄；金鸡对峙，争迎塔顶朝晖；繁花照影，嫔姬献建花桥；龙隐岩中，龙去尚存脊印；高阁伏波，将军壮志堪钦；晴岚叠彩，烈士坚贞不屈。画幛神工，奔腾九骏。仙笛幽奇，惊游幻境魔宫。喜悟空棒在，净土鲸眠，琼林柱耸。探春行，芳洲自转，渔唱遥闻，青罗带绕。

清流未远，有众泉汇于苗岭，有史禄分水灵渠。万柳成荫，双湖近郭。凤竹多姿，绿迷沙岸农家；杜鹃无价，红遍冈原牧野；朗月当头，揭帝射穿月窟；珠还洞口，珠圆正待人来；丰碑如海，俊杰挥毫历代；文苑生辉，词宗琢句怀乡。老榕骨健，缠结丛虬。诗情绮丽，久泊兴坪阳朔。看阵雨虹悬，重霄鹰舞，古渡霞飞。寻胜处，莲蕊含娇，锦屏留梦，碧玉簪新。

这副对联共264字，被称为"漓江长联"，是桂林山水中最长的对联。

请根据"知识点击"的内容，在括号里写上春联的种类。

春风催绿，江山映红。 （ ）

风雨历程，从无到有，开拓七年兴大业；

辉煌成就，由弱变强，信心百倍谱新篇！ （ ）

斯楼为蜀国关键，慨兵燹倾颓，人物凋谢，数十年满目荒凉，遗风顿竭，溯渊云墨妙、李杜才奇、轼辙名高，久经宇宙山川，沧桑千古；

此地是锦江要会，爱舟樯上下，烟浪萦回，几多士同心结构，胜地重开，想石室英储、岷峨秀毓、江汉灵炳，且看栋梁桢干，砥柱中流。 （ ）

三、对联的种类（按用途分）

刘凤诰写寿联

刘凤诰的家乡江西萍乡有一位老翁，要过八十大寿，特地叫其大儿子去请时任提督江西学政的吏部右侍郎刘凤诰题写一副寿联。因为是老乡又是世交，刘凤诰没有推辞便如约前往。老翁一家热情接待，经过一番殷勤敬酒，刘凤诰一番豪饮，却也有几分醉意。

撤席之后，老翁的家人将刘凤诰请至书房，捧来文房四宝，请刘凤诰挥毫。此时，刘凤诰提笔在手，问起老翁的生年月日，老翁笑答："十一月十一日。"刘凤诰即在红纸上写下上联：十一月十一日。

刘凤诰接着问老翁："老人家今年尊庚几何？"老翁笑嘻嘻地说：

"八十虚度，今日正是八十生辰。"刘凤诰略一思忖，又写了下联：八十春八十秋。

老翁见此佳联，十分称心，不觉眉开眼笑，向刘凤诰道谢不迭。

◇ 知 ◇ 识 ◇ 点 ◇ 击 ◇

上面"趣味故事"中刘凤诰写的是一副寿联，其实对联还可以分为很多种类。按照用途来分，对联可分为通用联和专用联。

1. 通用联

如春联。杨柳吐翠九州绿，桃杏争春五月红。

2. 专用联

如婚嫁联、乔迁联、生子联、开业联、寿联、挽联、行业联等。婚嫁、乔迁、生子、开业等喜庆时用的是喜联；哀悼死者用的是挽联；各行业贴于大门或店内的是行业联。如：

一对红心向四化，两双巧手绘新图。（婚嫁联）

佳儿佳女成佳偶，春日春人舞春风。（婚嫁联）

欣逢盛世千般盛，喜进新居万象新。（乔迁联）

福如东海，寿比南山。（寿联）

著作有千秋，此去震惊世界；精神昭百世，再来造福人群。（挽联）

虽云毫末技艺，却是顶上功夫。（行业联）

欢迎春夏秋冬客，款待东西南北人。（行业联）

◇ 小 ◇ 试 ◇ 身 ◇ 手 ◇

1. 你知道下面的对联是什么种类的对联吗？试试把对联和对联种类连线。

欲知千古事，须读五车书。　　　　　　　　通用联

大地流金万事通，冬去春来万象新。

慧眼明分真善美，宝光细验假高低。　　　　专用联

2.试着把下面的对联按照用途来分类。

春联：_____ 婚嫁联：_____ 挽联：_____

①爆竹两三声人间是岁，梅花四五点天下皆春。

②三径寒松含露泣，半窗残竹带风号。

③门庭虎踞平安岁，柳浪莺歌锦绣春。

④并蒂花开四季，比翼鸟伴百年。

⑤桃花流水杳然去，明月春风何处游。

⑥天成佳偶，金玉良缘。

四、对联的种类（按上下联关系分）

趣 味 故 事

祝枝山写联骂财主

祝枝山是明代书画家。有一年除夕，一个姓钱的财主请祝枝山写春联。祝枝山想：这个钱财主平日搜刮乡里，欺压百姓，今日既然找上门来，何不借机奚落他一番？于是，祝枝山吩咐书童在钱财主家的大门两旁贴好纸张，挥笔写下了这样一副对联：

明日逢春好不晦气，来年倒运少有余财。

过往的人们看到这副对联，都这样念道：

"明日逢春，好不晦气；来年倒运，少有余财。"

钱财主听了气急败坏，知道祝枝山是故意辱骂他，于是到县衙告状，说祝枝山用对联辱骂良民，要求县令为他作主。另外，钱财主还暗中给县令送了些金银财宝。当下，县令便派人传来祝枝山，质问道："祝先生，你为何用对联辱骂钱老板？"

祝枝山笑着回答说："大人此言差矣！我是读书人，无权无势，岂敢用对联骂人？学生写的全是吉庆之词！"于是，拿出对联当场念给众人听：

"明日逢春好，不晦气；来年倒运少，有余财。"

县令和财主听后，目瞪口呆，无言对答。好半天，县令才如梦初醒，呵斥钱财主道："只怪你才疏学浅，把如此绝妙的吉庆之词当成辱骂之言，还不快给祝先生赔罪？"

钱财主无奈，只好连连道歉。祝枝山哈哈大笑，告别县令，扬长而去。

知 识 点 击

按写作方法和上下联的关系，对联可分为三种，即正对、反对和流水对。

1.正对

指上下联的内容相关或相似，从不同的角度说明大致相同的道理或事情。如：

浮舟沧海，立马昆仑。

大肚能容，容天下难容之事；开口便笑，笑世间可笑之人。

2.反对

指上下联内容相反，形成鲜明对比，这种对联往往从正反两面来说明同一个问题，在对比中突出表达效果。如：

青山有幸埋忠骨，白铁无辜铸佞臣。

3.流水对

也叫串对，指一个意思分两句说，两句合起来是一个整体，上下联呈承接、假设、递进、因果、条件等关系。如：

书到用时方恨少，事非经过不知难。

◆ 小 ◆ 试 ◆ 身 ◆ 手 ◆

你知道下面的对联是什么种类的对联吗？请根据"知识点击"的内容写出它们的种类。

①心怀天下，志在四方。　　　　　　　　　　（　　　）

②玩物志多丧，惜时业早成。　　　　　　　　（　　　）

③欲穷千里目，更上一层楼。　　　　　　　　（　　　）

五、对联的上下联

◆ 趣 ◆ 味 ◆ 故 ◆ 事 ◆

王羲之妙写春联

东晋时期的著名书法家王羲之，有着"书圣"的美誉。他的书法名扬天下，无人不知。很多人前来求字，他的家里每天人来人往，络绎不绝。

有一年春节前夕，王羲之写了一副春联，上联是"春风春雨春色"，下联是"新年新月新景"，这副对联的书法十分精湛，而且对联的意思颇为新颖。王羲之写好后，就把对联贴在了大门的两侧，可是不到一盏茶的工夫，就被邻居揭走了。

临近除夕，他只好再写一副春联贴在大门两侧，很快又被人揭走，王羲之犯了愁：这样到了除夕夜，自己的门前也没有一副好春联。他左思右想，忽然有了对策，只见他大笔一挥，写下了一副春联，上联是"福无双至"，下联是"祸不单行"。

这副春联贴出去，果然没人再偷了。原因很简单，临近除夕，每个人都希望春联里有吉祥话，而这副春联却显得十分晦气，自然没人再去揭了。转眼到了除夕的清晨，王羲之洗漱完毕后，来到自家大门前，在上联和下联处各加了三个字，这副对联变成：福无双至今朝至，祸不单行昨夜行。路过的众人看到后，纷纷叫好。

这副对联一开始看，是有些晦气，但是加上几个字后，却显得十分吉庆，这就是中华文化的魅力所在。这副对联也被传为一段佳话，成为千古绝对。

◆ 知 ◆ 识 ◆ 点 ◆ 击 ◆

只有分清楚一副对联的上联和下联，才能正确张贴对联。那么如何正确区分上联和下联呢？

主要有四种方法：一是按音调平仄分。对联讲究仄起平收，具体来说，上联的最后一个字一般是仄声，下联的最后一个字一般是平声。现代汉语拼音有四声，就是我们常说的一、二、三、四声，一、二声大多对应的是古代的平声，三、四声大多对应的是古代的仄声。我们可以通过现代汉语的四声来进行大致判断，如果单边对联最后一个字是仄声，一般是上联，那另一边就是下联。如"迎风嫩柳随春绿，向党初心逐日红"一联中，"绿"是仄声，"红"是平声，上下联就很明确了。

二是按因果关系分。"因"为上联，"果"为下联，因为先有因后有果。比如"方向正确城乡富，政策英明衣食丰"，只有"城乡富"这个"因"，才会有"衣食丰"这个"果"，何为上联、何为下联就一目了然了。

三是按时间先后分。时间在前为上联，时间在后为下联。比如"风送莺歌辞旧岁，雪伴梅香迎新春"，"辞旧岁"在前，"迎新春"在后。

四是按空间范围分。一般是小者在前，大者在后。比如"勤俭持家家道昌，团结建国国事兴"，这副春联中的"家"比"国"小，所以"家"在前，"国"在后。

你能区分下面的对联中哪个是上联，哪个是下联吗？

雪梅春出彩

疏雨杏花天

红花招蝴蝶

春风春雨春色

上联有：_____

下联有：_____

六、贴春联

◇ 趣 ◇ 味 ◇ 故 ◇ 事

朱元璋给屠户写春联

众所周知，每逢春节，家家户户贴春联是一种习俗。然而，在明朝以前，春联都被称为"桃符"。正式被称为"春联"是从明朝开国皇帝朱元璋开始的。相传，朱元璋对春联情有独钟，为了推广，他在每一年的除夕前都要颁布御旨，要求金陵的家家户户都在门框上贴春联。

这一年大年初一的早晨，朱元璋微服私访，去街上察看贴春联的情况，看到一些写得好的有特色的春联，他都会赞叹不已。结果发现有一户人家没有贴春联，朱元璋很是气愤，询问原因，才得知这家的户主是一位屠户，自己大字不识几个，又因为年底忙，没有找人代写，所以没贴春联。

听说事出有因，朱元璋马上命人拿来笔墨纸砚，亲自写了一副春联：双手劈开生死路，一刀割断是非根。写完后他继续私访去了。结果

第一章 联之知识初览

11

打道回宫时，又路过这屠户家，见门口还是没有贴春联，不由火冒三丈，质问这是怎么回事。

屠户恭敬地答道："皇上亲自书写的春联贴在门外，我怕风吹雨淋，我把它贴到了中堂里，以后每天定当焚香供奉。"朱元璋走进里屋一看，果然看见自己写的春联悬挂在高堂上，很是高兴，当场又重赏了屠户三百两银子。

◆ 知 ◆ 识 ◆ 点 ◆ 击 ◆

春联，是中国的一种独特的文学形式。它以工整、对偶、简洁、精巧的文字描绘时代背景，抒发美好愿望。每逢春节期间，无论城市还是农村，家家户户都要精选一副大红春联贴于门上，辞旧迎新，以增加节日的喜庆气氛。余亚飞《迎新岁》称："喜气临门红色妍，家家户户贴春联；旧年辞别迎新岁，时序车轮总向前。"家门口贴上春联的时候，意味着过春节正式拉开序幕。传统春联是由人手执毛笔书写，现在也有机器印制的春联。春联的种类较多，有街门对、屋室门对等，每副春联都有横批。贴春联时，要看横批的书写，如果横批是从右向左书写，上联就应该贴在右边，反之上联则贴在左边。

"福"字现在的解释是"幸福"，而在过去则指"福气""福运"。春节贴"福"字，无论是现在还是过去，都寄托了人们对幸福生活的向往和对美好未来的祝愿。民间为了更充分地体现这种向往和祝愿，干脆将"福"字倒过来贴，表示"幸福已到""福气已到"。

◆ 小 ◆ 试 ◆ 身 ◆ 手 ◆

1.请写出你家大门上贴的对联的上下联和横批。

上联：＿＿＿＿＿＿＿＿＿＿＿＿＿＿＿＿＿＿＿＿＿

下联：＿＿＿＿＿＿＿＿＿＿＿＿＿＿＿＿＿＿＿＿＿

横批：＿＿＿＿＿＿＿＿＿＿＿＿＿＿＿＿＿＿＿＿＿

2.你有没有贴过春联或看过贴春联，说说你的感受。

_____

_____

七、摘春联

先斩后奏

在一次下江南的途中，一路微服私访、游山玩水的乾隆，经过一个村庄，看到这村庄的家家户户都贴有春联，对春联颇有研究的乾隆，一路赏评，饶有乐趣。经过一户人家门口时，他发现了一副对联——

上联：数一数二门第

下联：惊天动地人家

横批：先斩后奏

乾隆一看这对联，顿时勃然大怒，好大的口气呀，还"数一数二""惊天动地""先斩后奏"，这些词只有皇帝一人才能用吧？再三打听，原来是寻常人家。乾隆心中恼怒，便找了写春联的人来问个究竟。来人是个十来岁的小孩，小孩也不慌张畏惧，倒有几分大人的镇定自若。

乾隆问到对联的事，那小孩解释道："我父亲是个卖烧饼的，不是一个两个数给人家吗？我二叔制鞭炮，鞭炮一响不是惊天动地吗？我三叔是屠夫，先将猪杀死再吹气敲打，不是先斩后奏吗？"

小孩话音刚落，乾隆哈哈大笑："好一个数一数二门第，惊天动地人家，原来是这么回事，妙，妙，妙不可言。朕赐你为秀才，另外赏银五百两供你读书，你要好好求学，不可顽皮，荒废学业。"无惊还有赏，小孩的聪慧，机智地化解了危机。

◆ 知 ◆ 识 ◆ 点 ◆ 击 ◆

与贴春联有比较集中的时间不同，摘春联的时间各地差异较大。依照各地民俗的不同，有整年说、过节说和自然脱落说三种主要类型。

整年说。春联有喜庆吉祥之意，所以"旧"春联需等到来年贴春联的时候才摘除并贴上新的春联，寓意辞旧迎新，福运一年。在这一整年里，如果春联有破损，需及时修补。

过节说。春联作为驱赶"年兽"的法宝之一，待到"年"过完后，春联就可以摘了。按各地民俗的不同，有农历正月十五元宵节算作过完年，也有农历二月二龙抬头的时候算过完年等。随着城市的发展，出于市容市貌、物业管理等方面的考虑，一些地方和单位也有在春节长假期间或是春节长假之后摘除春联的要求。

自然脱落说。所谓自然脱落就是把春联贴上后就不管不顾，任凭春联被风吹雨打，自然脱落。或者看到春联被风吹雨打后破烂不堪了，就直接摘掉。

对于摘下来的春联，还有"烧春联"一说，就是将摘下来的春联烧掉，寓意将所有的晦气烧掉。

◆ 小 ◆ 试 ◆ 身 ◆ 手 ◆

说说你家什么时候摘春联？

_____

_____

_____

_____

八、应用实践（一）

1.从今年春节张贴的春联里，选出你最喜欢的一副抄写在下面。

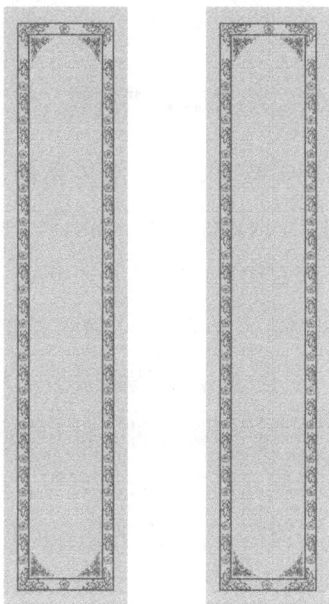

2.你还了解哪些对联故事？在下面写一写。

_____

_____

_____

九、字数相等

趣 味 故 事

小童出联戏大官

据说李调元到广东当学政时，有一个姓傅的童子对他不服气，故意在李调元必经之路，用三块石头垒成一座石桥，以便作对考他。不久，李调元坐轿经过那里，因石阻路，轿夫把石踢毁，姓傅的童子上前假装责备轿夫，李调元下轿调解。童子说："你既是李相公，听说善于作对，小人今有上联请对之。"于是念道："踢破磊桥三块石。"

李调元原以为是七字对，容易对付，谁知想了许久，尚无可对，只好约定明天再来应对。李调元回家后苦思冥想，郁郁不乐，李妻问知其故而后说："这有何难，可对为——剪开出字两重山。"

李调元一听大喜，隔日一早，欣然前往对出下联，童子听了，微笑道："此下联好像不是相公所对，很似出于妇人之手。"被猜中，李调元大惊失色，急问："为什么呢？"童子从容不迫应道："男子汉气度大，当然用劈、砍等大刀阔斧的字；妇人三步不出闺门，常使用针线、剪刀等东西，出口便用纤细轻巧的'剪'字。我这个猜测，应该不会错吧！"李调元听了，面红耳赤，为之叹服。

知 识 点 击

一副对联由上联、下联（或者叫上比、下比）两部分构成，通常情况下，上下联字数是相等的。字数相等，不仅要求上下联总字数相等，同时也要求上下联中各对应分句的字数也要相等。

1.全联字数相等，即要求一副对联的上下联字数相等。如：

但令新亭诏令子，

好将伟绩忆将军。

2.对应分句及其字数相等，即要求句数、对应分句的字数都相等。如：

秦帝东巡，康王南渡，名相尽忠，文宗修禊，稽史海千秋，更向武林怀旧事；

运河枕梦，都市映辰，青山相伴，绿水比邻，凌虚空百丈，每来拱墅看新踪。

小 试 身 手

按照对联字数相等的特点，请你根据给出的上联，找出相应的下联，试着连一连吧。

梅花报春信	绿柳吐絮迎新春
红梅含苞傲冬雪	瑞雪兆丰年
悠悠乾坤共老	美人已去，千秋海燕识芳名
国土难逢，一代云龙留胜迹	昭昭日月争光

十、内容相关

趣 味 故 事

小子巧对老子

明代武进县人陈洽（1370—1426），字叔远，通经史。据说他八岁时，有一次和他父亲沿江散步，但见江上两只船同时出发，一只摇橹，一只扬帆，结果扬帆的船一下子驶到摇橹的前面。陈洽父亲触景生情，遂出一上联：

"两船并行，橹速（鲁肃）不如帆快（樊哙）。"

这上联意含双关：表面上是说摇橹的船比不上扬帆的快，深一层是说三国东吴的谋士鲁肃比不上西汉勇将樊哙。陈洽仓促间，难以为对。

这时，恰好远处有个牧童在弄笛，近处又有人在吹箫，声音悠扬，动人心弦，陈洽顿时触动巧思，立即对道：

"八音齐奏，笛清（狄青）难比箫和（萧何）。"

这下联也是意含双关：表面上是说，独笛虽然悠扬，但比不上众箫齐和；深一层是说，北宋武将狄青比不上西汉谋臣萧何。

陈洽父亲满意地夸奖儿子："这小子还真行。"

陈洽也跟父亲开玩笑："我老子也不错。"说罢，两人相对大笑。

◆ 知 ◆ 识 ◆ 点 ◆ 击

上下联内容相关是对联的特点之一，也是构成对联的一个要素。

所谓相关，是说上下联的内容必须彼此关联，不能风马牛不相及。上下联的关系，有的相向，有的相反，有的相继或相辅，有的相交或相同，总之，是相辅相成或相反相成，共同构成一个整体。上下联内容相关，但并不要求都完全相同。有些对联的上下联内容相同，但一般是围绕同一事物或同一现象，从不同角度、用不同表达方式去阐述，而不是上下联的重合。如：

花甲重开，外加三七岁月；

古稀双庆，内多一个春秋。

这副对联是祝颂同一个人一百四十一岁高寿，但上下联的数学算式不同。再如：

南宋状元宰相，西江孝子忠臣。

这副对联所颂扬的也是同一个人（文天祥），以状元宰相赞扬其官位之高，以孝子忠臣赞扬其道德之美。

◆ 小 ◆ 试 ◆ 身 ◆ 手

你知道下面这些对联上下联的意思吗？它们分别是哪个行业或场

馆贴用的呢？

①藏古今学术，欲知古今千年事；

聚天地精华，且读中西万本书。   （   ）

②扬子江心水，黄山顶上茶。   （   ）

③药灵只在症能对，人健何妨吾亦闲。   （   ）

十一、主题相应

趣◆味◆故◆事

骄傲与谦逊

两副厅联，两种品格。

明末有两个读书人，在当时都很有名，一个叫倪鸿宝，一个叫吕晚村。有一次，倪鸿宝去拜访吕晚村，看见他的客厅挂有一副对联：

囊无半卷书，惟有虞廷十六字；

目空天下士，只让尼山一个人。

"虞廷十六字"指的是《尚书·大禹谟》中"人心惟危，道心惟微，惟精惟一，允执厥中"一语，后世理学家把它看成存心养性的十六字诀、是"圣人心传"。尼山，指孔子。这副对联是以圣贤自许，口气太狂妄了，哪有"允执厥中"的味儿？

倪鸿宝看后，大不以为然，当时没说什么，待到吕晚村回访他时，他在客厅上也挂了副对联：

孝若曾子参，才足当一字可；

才如周公旦，容不得半点骄。

曾参，是孔子的弟子，以孝德著称；周公，是周武王的弟弟，有名的贤相。此联的意思是说，孝行如曾参，也不过是做到了为人道德的一个方面；既如周公一样高才，也容不得半点骄傲。两副对联，表现了两人不同的品格和胸襟。

◆ 知 ◆ 识 ◆ 点 ◆ 击

对联同文学作品一样，不仅有内容，而且有主题，总是以内容表现主题，以主题统帅内容。上下联常常是在一个主题统领下的两个方面。

如：七十二健儿，酣战春云湛碧血；四百兆国子，愁看秋雨湿黄花。

从内容看，上联颂"七十二健儿"，下联述"四百兆国子"，共同表达一个主题：沉痛悼念广州起义的死难烈士，热情歌颂辛亥革命战士的英雄壮举，反映了全国人民反对清王朝的共同愿望。

再如：良工造物维其巧，大匠诲人必以规。

从表面看，上联说"造物"，下联写"诲人"，内容各异。其实，下联是上联的类比和引申。对联不仅宣传了按规矩制出的竹木产品的精巧，而且进一步说明教育人必须按一定的道德标准、一定的法规和一定的文化水准进行，这便是此联的主题。"大匠诲人"语出《孟子·告子上》："大匠诲人，必以规矩。"所谓"大匠"是指在学艺上有重大成就而为众所敬仰的人。

缺乏主题（中心）的对联，上下联内容也必然难以关联。

◆ 小 ◆ 试 ◆ 身 ◆ 手

根据所给上下联前半句的内容、意境和句式特点，在所给的句子中选取两个句子分别填在横线上，使上下两句构成一副主题统一的完整对联。

长空展卷风云画　　水乡图画带渔歌　　携琴驾鹤云游去
大海扬声潮浪歌　　弄管骑牛野牧归　　山寨炊烟撩牧笛

对联：牛背夕阳红，_____。

　　　　舟横斜照紫，_____。

十二、词性相对

何淡如与师戏对

何淡如，本名又雄，字淡如，清朝同治元年中举人，曾设馆于香港九龙城之龙津义学，以擅长诙谐对联闻名遐迩。因他多以方言俗语入联，老百姓都能看懂且无不喜爱。他很少写那些文绉绉的言辞，故人称"怪联大王""滑稽大师""广东方言对联之祖"。

孩提时代的何淡如曾拜蔡西湾为师。一日，师生二人因事一道去猪北窦。路上，蔡西湾即以此地名出对道：

"猪北窦。"

何淡如知道老师又在"考试"，便狡黠地冲老师笑了笑，大声对道：

"蔡西湾。"

蔡西湾斥责道："怎可直呼为师之名？"何淡如解释说："学生是在对句呀！"蔡西湾这才恍然大悟，再三琢磨，不禁哑然失笑。原来何淡如以"蔡"姓对"猪"，即朱姓；"窦"的意思是"洞"，与"湾"正对；"西"和"北"均系方位词。此联妙在初看是风马牛不相及的地名和人名，但凑在一起，却工整、自然、无可挑剔。接着，蔡西湾又以何淡如的穿着为题出上联道：

"皮背心衬绣花雪帽。"

何淡如一眼看见老师那常年不离身边的烟袋，脱口对下联道：

"血牙嘴镶斑竹烟筒。"

上下联字字工对，无可挑剔。蔡西湾虽然受到讥讽，却暗喜有这么一个聪明学生。

◆ 知 识 点 击

对联对仗要词性相对，位置相同。一般称为"虚对虚，实对实"，就是名词对名词，动词对动词，形容词对形容词，数量词对数量词，副词对副词，而且相对的词必须在相同的位置上。

例如：

思亲泪落吴江冷，
望帝魂归蜀道难。

风声雨声读书声声声入耳，
家事国事天下事事事关心。

一百八记钟声，唤起万家春梦；
二十四番风信，吹香七里山塘。

悲哉秋之为气，
惨矣瑾其可怀。

◆ 小 试 身 手

下面这副对联中下联的次序打乱了，根据对联具有上下句字数相等、词性相对等特点，请你重新排列之后写在下面的横线上。

上联：三尺讲台迎冬夏　下联：热血写一腔春秋

下联_____

22

十三、词性相对种类

曹宗应对

明朝孝宗年间，广东饶平有一奇才叫曹宗，七岁便能吟诗作对。一天，小曹宗到海滨游玩，渔民想试试他的才学，便说："你若能应我的对，我便送你一条大鱼。"接着渔民念道：

"沙马钻沙洞，沙生沙马目。"

"沙马"是一种鱼名，所以下联也必须是一种动物名与之相对才行。这时，旁边刚好有水牛在洗澡，曹宗见景生情，立即答道：

"水牛食水草，水浸水牛头。"

渔民佩服，但见他年幼力弱，又想考考他，便送他一条十多斤重的大马鲛鱼。曹宗不慌不忙，用绳子拴住鱼鳃，利用沿沟流水拖回家去。

有一夜，东界所城更夫喝酒误了时刻，在更楼打错更鼓，东门打三更，西门报四更，所城盐吏要处罚他，更夫再三求饶。盐吏喜欢吟诗作对，便道："好吧，我出上联，你若对得上，则饶你；对不上，罚四十大板。"说罢，吟出上联。更夫哪里对得上，只能恳求盐吏容自己想一会儿，得到允许后，他飞奔到曹宗家求救。当时曹宗正在浴室洗澡，更夫便急切地念起盐吏出的对子："东楼三，西楼四，更鼓朦胧，朦胧更鼓。"

曹宗在浴室内随口对道："南斗六，北斗七，诸星灿烂，灿烂诸星。"更夫如获至宝，立即回去应对，盐吏大惊，忙问是谁家举子所对，更夫只得照实说了，盐吏赞叹不已。

◆ 知 ◆ 识 ◆ 点 ◆ 击 ◆

对联中词性相对可以分为以下几类。

1.同类词相对

如：假作真时真亦假，无为有处有还无。这是曹雪芹《红楼梦》第五回中的一副对联，非常工整。同类词相对是对仗的基本原则。"真""假""有""无"都是抽象的哲学名词。"作"和"为"是词意相近动词。

2.反对为优

如：清风明月本无价，近水遥山皆有情。此联用了反义词"有"对"无"，"皆有情"对"本无价"，对比强烈，而且"近水"与"遥山"是反对，更有情趣。

3.句中自对

如：翠翠红红处处莺莺燕燕，风风雨雨年年暮暮朝朝。"红"对"翠"，"燕"对"莺"，"雨"对"风"，"朝"对"暮"，都是句中叠字自对，而且全联用叠字。由此可见，只要句中自对都是工对，全联一定是工对。

4.同边自对

如：下笔千言，正桂子香时，槐花黄后；出门一笑，看西湖月满，东浙潮来。此联"桂子香时，槐花黄后"和"西湖月满，东浙潮来"分别都是同边自对，有极大的艺术魅力。

◆ 小 ◆ 试 ◆ 身 ◆ 手 ◆

小晴仔细读了下面这副对联，总觉得下联有一处不符合对联的要求，请你帮忙修改一下。

上联：吴敬梓冷眼观世，《儒林外史》讽丑恶；

下联：深情怀旧周树人，《朝花夕拾》忆往昔。

下联应修改为：＿＿＿＿＿＿＿＿＿＿＿＿＿＿＿＿＿＿＿＿

十四、讲究平仄

于谦幼年巧对

于谦是明朝民族英雄。幼年时，他的母亲把他的头发梳成双髻。有一天，他到乡间学堂去，一个叫兰古春的僧人看到他这副模样，戏道："牛头喜得生龙角。"于谦觉得和尚在笑话他，便应道："狗嘴何曾出象牙。"

于谦回家后对母亲说："今后不可梳双髻了。"过了数日，兰古春恰好路过学堂，见于谦头发梳成三岔，又戏道："三角如鼓架。"于谦对道："一秃似擂槌。"

兰古春叹于谦敏捷，告诉其老师说："这孩子长大必是国家栋梁。"没几年，于谦成了县学生员。当时恰好有一巡按到那里的一座寺院游玩，随从官员中有一人指着殿中佛像道："三尊大佛，坐狮、坐像、坐莲花。"一时无人应对，有人说："可让于谦这小秀才来对。"于谦也不谦让，随口应道："一介书生，攀凤、攀龙、攀桂子。"

众人无不拍手叫好。

知 识 点 击

上面"趣味故事"中的对联非常有音韵美，汉语言文字在运用过程中讲究"音要有格，韵要有律"。诗要讲究诗律，词要讲究词谱，曲要讲曲调，对联作为格律文学的一种，也就必然要讲究与平仄音韵规律有关的"联律"，"平仄"在"联律"当中是占有重要地位的。一般来说，一副对联要求平仄相合，音调和谐，传统习惯是"仄起平落"，即上联末句尾字用仄声，下联末句尾字用平声。

　　每边一句者，分别用四言、五言、六言、七言句式自身；每边两句者，用四言句式分别与自身以及五言、六言、七言句式，按句脚上仄下平要求，两两组合，就可以得到如下最佳结构。按照最佳结构撰联，就像作诗填词一样，随心所欲，不逾规矩。

　　例如：

　　四言联：望洋兴叹，与鬼为邻。

　　五言联：楼观沧海日，门对浙江潮。

　　六言联：此是山阴道上，如来西子湖边。

　　七言联：莫放春秋佳日过，最难风雨故人来。

小 试 身 手

　　一起来诵读下面的几副对联，感受音律协调之美。

　　上联：西岭烟霞生袖底，

　　下联：东洲云海落樽前。

　　上联：家居化日光天下，

　　下联：人在春风和气中。

　　上联：烟笼古寺无人到，

　　下联：树倚深堂有月来。

十五、工对和宽对

鲁迅学"对课"

鲁迅少年时，在私塾读书，一天，上"对课"，寿镜吾先生给学生们出了个题叫作"独脚兽"。要求他们当堂对仗，于是，学生们叽哩咕噜地对起来了。有的对"二头蛇"，有的对"三脚蟾"，有的对"八脚虫"，还有的对"九头鸟"。唯有鲁迅久久没有说话。他双目炯炯，在沉思默想。鲁迅向来主张"自己思索""自出心裁"，要有所创新。这主张虽然是在他成名之后提出的，但在青少年时期已经孕育，所以他从来不轻易附和或赞同某一见解。此时，鲁迅经过一番思考，才根据《尔雅》一书，对道："比目鱼。"

寿先生听后，连连点头，称赞道："好！好！'独'不是数，但有单的意思；'比'也不是数，却有双的意思，可见是用了心思对出来的。"

知 识 点 击

对仗是对联的基本特征，没有对仗就没有对联。对联创作必须在对仗上下功夫。对联在长期的发展过程中，其格式、体律逐渐完备，种类越来越多。就上下联的对仗方式来讲，大体上可以分为工对和宽对。

1. 工对

工对，也称严式对。就是上下联的文字、语句对仗十分工整，贴切。即词性相当、节奏相同、结构相似。例如：

沧海月明珠有泪，蓝田日暖玉生烟。

联中"沧"对"蓝"，均为颜色词；"海"对"田"，均为地理名词；"月"对"日"，均为天文名词；"明"对"暖"，均为形容词；"珠"对

"玉"，均为珠宝名称；"有"对"生"，均为动词，"泪"对"烟"，均为名词。上下联词性相对十分严格，平仄相合，可谓工对之佳作。

2. 宽对

宽对，是指联中的绝大部分对仗工整，这是相对于工对而言的。宽对与工对无明显界限，一般认为，半对半不对就属宽对，就是说做到词性相同、句法结构相同的对仗就可以了。如厦门太平岩联：

石为迎宾开口笑，山能做主乐天成。

联中"石"与"山"、"迎宾"与"做主"对仗甚工，但"开口笑"与"乐天成"则不严谨，不仅结构不同，而且"笑"与"成"词类也不相对。我们称其为宽对。

小 试 身 手

你能试着对一对吗？一起来挑战吧。

春花对（　　　　　）　　　水底月对（　　　　　）

书山对（　　　　　）　　　飞鸟尽对（　　　　　）

青山不老对（　　　　　）　　　山清水秀对（　　　　　）

东南西北对（　　　　　）　　　春回大地对（　　　　　）

十六、应用实践（二）

试着品读下面两副对联，说说上下联在内容、主题、词性相对和平仄音韵上的特点。

刘墉（1719—1804），字崇如，号石庵，另有青原、香岩、东武、穆庵、溟华、日观峰道人等字号，清代书画家、政治家。山东省高密县逄戈庄人（原属诸城），祖籍江苏徐州丰县。清乾隆、嘉庆两朝重臣，官至体仁阁大学士，以奉公守法、清正廉洁、峭直敢谏闻名于世。曾行书七言对联：

白酒酿来因好客，黄金散尽为收书。

翁同龢（1830—1904），字叔平，号松禅，别号天放闲人，晚号瓶庵居士，清末政治家、书法家，同治、光绪两代帝师，同、光间书家第一。翁同龢早年从习欧阳询、褚遂良，书法崇尚瘦劲；中年转学颜真卿，取其浑厚，又兼学苏轼、米芾，书出新意；晚年得力于北碑，平淡中见精神。从而形成了翁字的独特书风，翁同龢成为晚清颇具影响的书法家，晚年曾楷书对联：

乐天不外知足，修己自能及人。

第二章　联之创作技巧

一、析字联

趣 味 故 事

和尚妙对康熙

传说，康熙求才若渴，一旦发现人才，便不拘一格地重用。

一天，康熙听说一位和尚很有学问，便请他来宫中下棋。康熙连输三盘，便出上联试和尚：

"山石岩下古木枯，此木为柴。"

此联析"岩""枯""柴"三字而成，文字连贯。不料，和尚随口而出：

"白水泉边女子好，少女更妙。"

康熙一听，和尚妙析"泉""好""妙"三字，对得无懈可击，心中十分高兴，便委以重任。

知 识 点 击

析字联，即根据汉字形体的结构特点，通过解析、分拆或者拼合巧妙制作而成的联语。汉字大多数是合体字，合体字是汉字的偏旁按照上下左右内外等结构组合而成，而析字正是利用了汉字这种偏旁可分离组合的特点。

1.先分后合

先分后合，即先出现拆解后的偏旁并独立成字，再将这几个偏旁组合成字。如：

寸土为寺，寺旁言诗，诗曰：明月送僧归古寺；

双木成林，林下示禁，禁云：斧斤以时入山林。

这副对联的上联，"寸"和"土"拼合成"寺"，"寺"和"言"又拼合成"诗"，"月"字又是"明"的一部分，并且又是连珠联，最后一句摘自唐诗，可以说一联就用了诸多技巧。下联两个"木"拼字合成"林"，"林"和"示"拼合成"禁"，"斤"是"斧"的一部分，也是连珠联，最后一句则出自《孟子·梁惠王上》，可谓应对巧妙。

2.先合后分

先合后分，即对联中出现的首先是一个整字，然后再分离偏旁、独立成字。如：

閑看门中月，思耕心上田。

上联写坐在院里，悠闲地穿过门去看那月亮，"閑"（闲）字拆解成了"门"和"月"，"月"正好在"门"中。下联写一人沉思的场景，"思"字拆解成了"田"和"心"，"田"正好在"心"上头。从意境到文字到技巧，都可以说是非常精当。

小 试 身 手

你知道下面的析字联分（合）的是哪些字吗？

第一副析字联：

二人土上坐，

一月日边明。

上面析字联中分（合）的字是＿＿＿＿＿＿＿＿＿＿＿＿＿＿＿

第二副析字联：

十口心思，思国思家思社稷；

八目尚赏，赏风赏月赏秋香。

上面析字联中分（合）的字是_____

二、无情对

纪晓岚巧对下联，气恼教书先生

纪晓岚小时候上学淘气，不爱听私塾老师石先生上课，就在墙上挖一深洞，养了一只小山雀。一天他悄悄地去喂山雀，让石先生看见了，石先生就用砖将山雀挤死在洞中，还在墙上写一上联：

细羽家禽砖后死。

纪晓岚再去喂山雀时，发现山雀已经死了。心中疑惑时，他看见墙上的对联，断定是石先生所为，就续写了下联：

粗毛野兽石先生。

石先生见到大为恼火，认为纪晓岚辱骂自己，于是执鞭责问纪晓岚。只见纪晓岚从容不迫地解释道：我是按先生的上联套写的——有"细"就有"粗"，有"羽"就有"毛"，有"家"就有"野"，有"禽"就有"兽"，有"砖"就有"石"，有"后"就有"先"，有"死"就有"生"。所以我就写了——粗毛野兽石先生，如果这样对得不工整，请先生改改吧。

石先生想了半天，捋断了好几根胡须，也没想出好的下联，只好扔下教鞭，拂袖而去。

无情对，又名羊角对，它的特征是要求字面对仗愈工整愈好，两边对的内容隔得越远越好。大多为信手拈来，偶然得之，但绝非"拉郎配""乱点鸳鸯"所能成功。对句也必须有完整的意思，而且出其不意，方能妙趣横生，回味无穷。无情对是对联中的一种特殊形式，上下联毫无联系。与词组的意义词性完全无关，但讲究韵脚对仗，读起来毫无违和感。

逐字相对，上下必须具备极强的歧义效果，以能让人会心一笑或拍案叫绝为标准，大量采用借对法。同文章的创作一样，无情对的创作也是有一定方法的。

如，宋朝龚明之的《中吴纪闻》里载，有一个姓叶的先生出联"鸡冠花未放"，有人对"狗尾草先生"，字词相对，而意则各不相干。前句本为主谓句，表意为鸡冠花尚未开放，而对句成了偏正结构句，"狗尾草"成了"先生"的定语，这就大大地嘲讽了叶先生。

再如，以前有位自称厉害的人，出了一句上联"公门桃李争荣日"，一位学者则对"法国荷兰比利时"。一言既出，在场者立即哄堂大笑，那位自称厉害的人顿时瞠目结舌，又有些莫名其妙。但转念一想，原来这是无情对，妙啊！会心一笑。从此，两人成了朋友。

1.读一读下面这副无情对，说说妙在何处。

三星白兰地，

五月黄梅天。

_____

_____

第二章 联之创作技巧

2.找一找还有哪些无情对，写出来。

上联_____

下联_____

三、叠字复字联

朱棣出对难随从

相传有一天，朱棣与老师游山，走到半山腰，抬头望天有所感触，便出上联：

天近山头，行到山腰天更远。

朱棣命随从人员对，其时无人对出，后某生对出下联：

月浮水面，捞将水底月还沉。

此联即景生情，理趣相得益彰。出句由"山"生发理趣，从山下往上看天，在视线里"天"与"山头"相接，"行到山腰"再看天，看到"天"与山离得更远，出句之所以有难度，是因为其真实揭示某种自然现象，并暗寓一种相去甚远之意。

对句由"水"与"月"而构思，从水面上看月亮，呈现的感觉是月亮浮在水面，伸手可触，待到伸手去捞时，却摸不着，跳下池塘去捞，一直摸到"水底"，"月"依旧下沉。这种现象，使人想到"猴子捞月"的故事。对句与出句均理在趣中，有异曲同工之妙。

知 识 点 击

在联中分别有一个或数个同样的字相继重叠出现，为叠字联，而将一个或几个字按照某种规律，重复出现多次，称为复字联。如：

34

成成败败，成成成败？成成成，败成败。

是是非非，是是是非？是是是，非是非。

此联用"成败是非"四个字，分别反复排列组合，看似是一种文字游戏，经断句细读，就会发现它是一副寓意深刻的人生哲理联。出句写事理，对句以结果对，顺理成章。

此联作者是这样注解的：人们做事情，看其结果，有成功和失败之分，到底成为成功者还是成为失败者？成功了就成为成功者，失败了就成为失败者。而论其事理，又有正确和错误之别，究竟是正确还是错误？正确就是正确，错误就是错误。联语的言外之意是，莫以是非定成败，莫以成败论是非。

作者巧妙地把反义词"成败""是非"中的"成"与"是"的动词功能尽兴发挥，"成成"叠用，则是"成为"与"成功"之义，"是是"叠用，则为"就是"与"正确"之意。联作运用叠词、反复等技巧，将"是非""成败"四个字排列串组，成为一副 28 字的巧联，既妙趣横生，又给人以启迪。

◆ 小 ◆ 试 ◆ 身 ◆ 手

1.试着说说下列叠字复字联的妙处。

水车车水，水随车，车停水止；风扇扇风，风出扇，扇动风生。

高高下下树，叮叮咚咚泉；重重叠叠山，曲曲环环路。

看山，山已峻；望水，水乃清。

_____

_____

2.你能尝试写出下面叠字复字联的下联吗？

上联：重重喜事，重重喜，喜年年获丰收。

下联：_____

四、嵌字联

两个娃娃戏知府

清咸丰年间，热河知府卜昌欺塞外无人才，便微服去热河诗社寻衅。

适逢两个娃娃在家，卜昌喝令他们去找社主。一个小孩道："今天我俩在家，要对诗，只管赐教。"卜昌无奈，出句道：

"两火为炎，既然不是盐酱之盐，为何加水便淡。"

一个小孩一眨巴眼，笑眯眯对道：

"两土为圭，既然不是乌龟之龟，为何加卜为卦。"

另一个小孩道：

"两日为昌，既然不是娼妓之娼，为何加口便唱。"

两个娃娃拿卜昌的名字戏弄他，使他异常难堪。从此，卜昌再也不敢藐视热河的文人了。

嵌字联是以嵌字为主要特点的对联，在符合上下联句式相同、字数相等、音韵和谐、对仗工整、意义相关或相对等基本要求的前提下，将选定的字，通过与其他字词的搭配组合而专门嵌在联中合适的位置上，给人一种新的艺术享受。嵌字联根据汉字一字多音、一字多义等特点，综合运用拆字、谐音等多种修辞手法，充分发挥作者的匠心，使对联具有妙不可言的情趣。

嵌字联因为需要把特定的字词嵌入其中，这些字词也就成了对联的"题目"，紧扣这个"题目"撰写对联，可以使对联的内容恰合题旨，便于立意构思。而同时，嵌字联往往需要将特定的字词拆开、重新组装，因此会产生新意，就文生意，而新颖多趣、灵活别致。古往今来，嵌字联因为其独特的"嵌字"，而广泛地被运用于人们的生活之中，无论是题对联、赠答、戏谑，还是歌颂，都能发挥其妙用。

清末民初有一位文人袁少枚，曾给自己的庭院起名为"半闲园"，并作了一副嵌字联：

半市半乡，半读半耕，半士半医，世界本少全才，故名曰半；

闲吟闲咏，闲弹闲唱，闲斟闲酌，人间尽多忙客，而我独闲。

这副对联在上下联相对的位置七次嵌入"半""闲"，读来有跌宕起伏的音韵感，富有节奏，同时又有信笔挥洒的潇洒感，充满闲情逸致。

小 试 身 手

1.你知道下面这副嵌字联嵌的是哪个词吗？

如此年华如此貌，意中情事意中人。

_____

2.你还见到过哪些嵌字联？请把你印象最深的两副嵌字联内容写在下面。

第一副嵌字联：

上联_____

下联_____

第二副嵌字联：

上联_____

下联_____

五、音韵联

胡小姐对联招婿

相传清朝乾隆年间，江南地区有一个富豪，姓胡。这胡财主只有一个女儿，视为掌上明珠，百般疼爱，从小就请私塾先生教授她文化知识。后来她诗词歌赋、琴棋书画，样样精通。

转眼一晃，胡财主的女儿已到了出嫁的年纪，但是，这胡小姐却看不起那些游手好闲的公子，不屑于他们的追求和提亲，哪怕是达官贵人、富家子弟，全都没放在眼里。为了能找个如意郎君，这胡小姐就想着以对联招婿，便写了一个上联，命人将公告和上联贴在了大门外，说："凡是能对上我所出对联的人，不管其是何出身，也不论其是否考中功名，我都愿意嫁给他，决不食言。"此消息很快就传遍了整个江南地区，引来了很多的文人墨客跃跃欲试。胡小姐上联：

"童子打桐子，桐子落，童子乐。"

公告和上联贴出了好多天，但是却没有一个人能对得上。这天下午，一个落魄秀才从胡府经过，看到了公告和上联，于是就想着试试。他沉思了片刻，对出了下联：

"丫头啃鸭头，鸭头咸，丫头嫌。"

上下联可谓是工整，谐音对联，同音不同意，表现的也不一样，堪称千古佳对。

听说有人对出了下联，胡财主急忙出来一看，原来是个落魄的穷秀才，穿得异常的寒酸，但是脸上却很干净。胡财主没有以貌取人，觉得这小伙子能对得出来，必定才华横溢。就这样，这落魄的秀才被胡财主招为女婿，娶了胡小姐，夫妻二人过上了幸福的生活。后来，秀才果然

38

考了进士，当了官。

音韵联指对联中包括同音异字、同字异音和叠韵。比如故事中胡小姐的上联也有人这么对：员外扫园外，园外净，员外静。又别有一番风味。下面都是经典的音韵联，让我们一同欣赏吧。

暑鼠凉梁，笔壁描猫惊暑鼠；饥鸡拾食，童桶翻饭喜饥鸡。

书童磨墨，墨抹书童一脉墨；梅香添煤，煤爆梅香两眉煤。

和尚法正，提汤上塔，大意失手，汤淌烫塔；

裁缝老徐，与妻下棋，不觉漏眼，妻起弃棋。

白云峰，峰上枫，风吹枫动峰不动；

青丝路，路边鹭，露打鹭飞路未飞。

小 试 身 手

1.你能试着写出下面音韵联的下联吗？

上联：闲人免进贤人进

下联：＿＿＿＿＿＿＿＿＿＿＿＿＿＿＿＿＿＿＿＿＿＿＿＿＿＿＿

2.你还见到过哪些音韵联，请写一写。

上联＿＿＿＿＿＿＿＿＿＿＿＿＿＿＿＿＿＿＿＿＿＿＿＿＿＿＿＿

下联＿＿＿＿＿＿＿＿＿＿＿＿＿＿＿＿＿＿＿＿＿＿＿＿＿＿＿＿

第二章　联之创作技巧

六、 比喻联

趣 味 故 事

解缙巧对曹尚书

明翰林学士解缙（1369—1415），字大绅，江西吉水人。据说他自幼聪明好学，六七岁就能吟诗作对，有神童之称。曹尚书半信半疑，想考考他，命家人把解缙叫到府上相见。

当解缙来到时，曹府却紧闭中门，只开边门迎客。解缙当即提出抗议："正门未开，非迎客之礼。"曹尚书说："我出几联，你对得上便开中门迎接。"言罢，念出上联："小犬无知嫌路窄。"解缙对道："大鹏展翅恨天低。"曹尚书又出一联："天作棋盘星作子，谁人敢下？"解缙对道："地当琵琶路当弦，哪个能弹？"

曹尚书见解缙对答如流，很是惊奇，即开中门迎接。解缙身穿绿衣，连蹦带跳进入中门。曹尚书见状，便挖苦他："出水蛤蟆穿绿袄。"

解缙抬头一看，见尚书身着红袍，老态龙钟，便应道："落汤螃蟹着红袍。"

曹尚书满脸尴尬，知道解缙不可小视，便请他入座。问道："解学生，你父母以何营生？"解缙答道："严父肩挑日月，慈母手转乾坤。"原来，解缙家贫，父亲沿街卖水，早出晚归，日月映在水桶中，所以说"肩挑日月"；母亲在家推磨做豆腐为生，所以说是"手转乾坤"。曹尚书听罢，赞叹解缙真是神童。

知 识 点 击

比喻就是打比方，即利用甲、乙两类不同事物具有相似之处，用乙事物比甲事物。

从修辞的角度看，上面的故事中曹尚书和解缙的问答用的都是比喻。第一联，曹尚书把解缙比作"小犬"，而解缙的回答则自比"大鹏"。第二联，曹尚书把天比作"棋盘"，星比作"棋子"；解缙的对句则把地比作"琵琶"，路比作"弦"。第三联，曹尚书把解缙比作"出水蛤蟆"，解缙则把曹尚书比作"落汤螃蟹"。第四联，解缙把父亲挑水比作"肩挑日月"，把母亲磨豆腐比作"手转乾坤"。

比喻联中，被比的事物称主体，作比的事物称喻体，联系主体与喻体的词称为比喻词，对联中常用的比喻词有"如""似""若""犹同""宛如"等。如清代大学士纪晓岚自题联：

浮沉宦海如鸥鸟，

生死书丛似蠹鱼。

上联以"鸥鸟"比喻自己的从政经历，下联以"蠹鱼"比喻自己的治学生涯，虽带几分自嘲，却十分生动。

小 试 身 手

1.你能简单解释一下下面这副比喻联的意思吗？

上联：水作青罗带，

下联：山为碧玉簪。

意思是：_____

_____

2.你见到过哪些比喻联？把你印象最深的比喻联写在下面。

上联_____

下联_____

第二章　联之创作技巧

七、拟人联

◆ 趣 ◆ 味 ◆ 故 ◆ 事

卖藕人巧对朱元璋

相传明太祖朱元璋有一回遇到一个卖莲藕的人，走了过去，拿起莲藕吟道："一弯西子臂。"他把莲藕比喻成了西施的胳膊。据说吴王为了博得西施一笑，将宫内有水的地方都种上莲花，让西施荡舟采莲。

卖莲藕的人细细品味了一下，看了莲藕的几个莲藕眼，就笑着接了一句："七窍比干心。"他把莲藕比喻成比干的七窍玲珑心。他们这一吟一接，刚好组成了一副对联。

朱元璋觉得这个卖莲藕的人颇有文采，对对子的瘾就上来了，又吟出一个上联："藕入泥中，玉管通地理。"莲藕中间有孔，将其当作玉管，在泥中，所以说通地理。把莲藕当作人，赋予了人的动作思想。

卖莲藕的人很快答出下联："荷出水面，朱笔点天文。"什么意思呢？荷花刚刚出头的时候，不是绽放开来的，而是像一个毛笔头。他也把荷当作人来说事，荷花当成朱笔，荷花是朝上的，所以说是"点天文"，而"天文"也正好对应了朱元璋上联中的"地理"。

朱元璋听了后，拉着卖莲藕的人进了宫，任命其为祭酒。这时，卖莲藕的人才知道，原来出对子的是皇帝朱元璋。

◆ 知 ◆ 识 ◆ 点 ◆ 击

拟人就是人格化，把物当成人来描写，赋予物以人的思想行为，创造出一种不寻常的艺术境界。拟人，可以增加形象性，把事物描述得生动活泼，丰富感情色彩，加强语言的表达效果。

对联中的拟人，主要是用写人的语言写物，让物具有人的情感、心理、动作，能使读者对所表达事物具有鲜明的印象，产生强烈的感情，引起共鸣。

相传乾隆皇帝游江南，见一池荷花含苞待放，即兴吟道：

池中莲苞攥红拳，打谁？

大学士纪晓岚侍立在旁，即以池边剑麻为题应对：

岸上麻叶伸绿掌，要啥？

对联中，莲苞竟会攥拳打人，麻叶亦能伸掌要物，多有趣！这是将植物拟人。

小 试 身 手

1.你能把下面拟人联的上下联正确地连起来吗？

母鸭无鞋空洗脚　　　　　　峰腾云海作舟浮

天着霞衣迎日出　　　　　　鼓对锣曰：亏侬空腹受拳头

烛谓灯云：靠汝遮光作门面　　公鸡有髻不梳头

2.生活中你还见到过哪些拟人联？试着写一写。

上联＿＿＿＿＿＿＿＿＿＿＿＿＿＿＿＿＿＿＿＿＿

下联＿＿＿＿＿＿＿＿＿＿＿＿＿＿＿＿＿＿＿＿＿

八、应用实践（一）

1.回顾所学的对联形式。前面我们学习了哪七种对联？

＿＿＿＿、＿＿＿＿、＿＿＿＿、＿＿＿＿、＿＿＿＿、＿＿＿＿、＿＿＿＿。

2.欣赏对联。先欣赏下面的各副对联，再和同学说说其创作上的技巧。

①安非他命，如是我闻。

＿＿＿＿＿＿＿＿＿＿＿＿＿＿＿＿＿＿＿＿＿＿＿＿＿

＿＿＿＿＿＿＿＿＿＿＿＿＿＿＿＿＿＿＿＿＿＿＿＿＿

②春风大雅能容物，秋水文章不染尘。

_____

_____

③府中有肉防生腐，竹下养廉不闭簾。

_____

_____

④莫将假戏当真戏，但愿今贤胜古贤。

_____

_____

九、数字联

趣 味 故 事

穷秀才作联夺桂冠

相传明朝时，有个穷秀才颇有才学，但因科举场上徇私舞弊之风盛行，他屡试不中。这年他听说主考官廉洁奉公，任人唯贤，于是赴京城再次应举。怎奈路途遥远，秀才到达京城时，考试已结束。秀才好说歹说，终于感动了主考大人，准他补考。

主考官出题，要他用一至十这十个数字作一联。秀才想把自己一路颠簸和误考的原因说一说，就脱口说道：

"一叶孤舟，坐了二三个骚客，启用四桨五帆，经过六滩七湾，历尽八颠九簸，可叹十分来迟。"

主考官暗暗称奇："此生才学，确实不浅！"他又要求秀才从十至一再作一联。秀才想把多年读书、应考的苦衷表一表，便朗声说：

"十年寒窗，进了九八家书院，抛却七情六欲，苦读五经四书，考了三番二次，今天一定要中。"

主考官听罢，连连称妙，这一年解元的桂冠，就这样被这位穷秀才夺走了。

生活中，很多数字对联也同样富有生活气息且美妙绝伦。而且描写绝美景色的也不乏数字对联，如山东济南大明湖沧浪亭名联：

四面荷花三面柳，

一城山色半城湖。

简简单单几个数字把迷人的山光湖色、荷花垂柳描绘得淋漓尽致。

还有杭州碧波亭的名联：

有三分水二分竹添一分明月，

从五步楼十步阁望百步大江。

数字联把数字的简洁明快和景色的诗情画意完美结合起来，为我们留下了脍炙人口的千古绝唱。再如：

孤舟两桨片帆，游遍五湖四海；

一塔七层八面，观尽万水千山。

出句与对句各嵌有五个数字。"孤"为隐含数，"片"为量词，有数的意思。此联可谓用数精巧。

小　试　身　手

数字对联虽有趣，但是也蕴含或贬或褒的情感。读一读下面这则故事，说说这副数字对联表达了什么情感？小小提示：注意看横批哦！

相传紫水县的县令苟慧是个贪官，百姓受其搜刮，怨声载道。有一回，传来京中巡抚要来察访的消息，苟县令急令各村家家户户张贴对联欢迎。各乡民敢怒而不敢言，又不敢不办。

第二章　联之创作技巧

巡抚到时，见家家户户门上张贴着对联，一片喜庆色彩。巡抚仔细看时，发现有一户人家门前对联与众不同：

上联：二二三三四四五

下联：六六七七八八九

横批：二四七三

巡抚想了半天，终于弄明白：＿＿＿＿＿＿＿＿＿＿＿

＿＿＿＿＿＿＿＿＿＿＿＿＿＿＿＿＿＿＿＿＿＿＿＿

＿＿＿＿＿＿＿＿＿＿＿＿＿＿＿＿＿＿＿＿＿＿＿＿

十、双关联

趣 味 故 事

陈白阳妙对唐伯虎

据说，有一次唐伯虎和陈白阳出去游玩，两人决定对对联，并提出以不远处的酒馆为界，到了酒馆还没对出便算输。唐伯虎随即出上联道：

"眼前一簇园林，谁家庄子？"

陈白阳一听，发现这个上联是个问句，他不知道答案，不好答，然后再一琢磨，发现上联中的"庄子"既指村庄，又可指书，语带双关。于是他边走边想，走到酒馆处还没有想出恰当的下联。

陈白阳只好认输，两人便进了酒馆，打算休息一下。谁知刚坐下，陈白阳便见酒馆墙壁上写着两行大字——"杜康传技，太白遗风"，灵感顿起，马上对唐伯虎道：

"壁上两行文字，哪个汉书？"

"汉书"是书名，又十分应景，也是"哪个人书写的"意思。

这副对联问而不答，提出疑问，是借助双关手法得以实现的，上联的"庄子"、下联的"汉书"都是双关语，暗寓《庄子》与《汉书》两本书名。

◆ 知 识 点 击

双关，多是运用汉语的一音多字或一字多义的特点，而产生"言在此而意在彼"的表达效果，使一句话涉及两件事情或两种内容，一语双关地表达作者所要表达的意思。

运用双关手法的对联，常常被称为双关对。双关对大致可以分为以下两种。

1.意义双关对联

意义双关对联即利用汉语的一字多义或一词多义，有意地使语句具有双重意义。如理发店的对联：

虽云毫末技艺，

却是顶上功夫。

2.谐音双关对联

谐音双关对联即利用汉语的一音多字，有意使语句具有双重意义。如：

因荷（何）而得藕（偶），

有杏（幸）不须梅（媒）。

◆ 小 试 身 手

1.你能分清下面两副对联是哪种双关吗？

上联：东边日出西边雨，

下联：道是无晴却有晴。

_____

_____

第二章　联之创作技巧

上联：未出土时便有节，

下联：及凌云处尚虚心。

_____

_____

2.对联中，有一些堪称千古绝对，很难对出既工整严谨又巧妙生动的下联。比如有一上联"苏轼东坡赏李白"，就很难有人对出合适的下联。你觉得这个上联为什么难对？

_____

_____

十一、夸张联

◆ 趣 ◆ 味 ◆ 故 ◆ 事

"杜康美酒，一醉三年"

以好喝酒出名的刘伶来到杜康酒坊门前，只见门上有一副对联：

猛虎一杯山中醉，

蛟龙两盅海底眠。

横批：不醉三年不要钱。

刘伶看完这副对子，真是恼透了，他自恃海量无比，酒家怎敢如此口出狂言。于是，他带气走进酒坊，喝了一杯还要喝，杜康劝他别喝了，他不依，一杯连一杯，一连喝了三杯。头杯酒甜似蜜，二杯酒比蜜甜，三杯酒喝下去，只觉得桌子凳子盆盆罐罐把家搬。杜康问刘伶："酒够了吗？"刘伶醉醺醺地说："够了，够了，真是琼浆玉液。"一摸钱袋空空，支支吾吾地说："掌柜的，先记个账，改天给你把钱送来。"杜康把刘伶送出门外，客客气气地说："过三年再见。"

三年之后，杜康来到村上找到刘伶家，见到刘伶的媳妇说："刘伶三年前喝的酒，还没有给酒钱哩。"刘伶媳妇一听，十分恼怒，说："他三年前不知喝了谁家的酒，回来就死了。你还想要酒钱，我还要你赔人哩！"杜康说："你莫急，他没死，是醉啦。走走走，快领我去叫醒他。"他们来到刘伶墓地，打开棺材一看，刘伶穿戴整齐，面色红润，跟生前一个模样。杜康上前拍拍他的肩膀，叫道："刘伶醒来，刘伶醒来！"刘伶打个哈欠，伸伸胳膊，睁开眼来，连声叫道："杜康好酒，杜康好酒！"这便是："天下好酒数杜康，酒量最大数刘伶。饮了杜康酒三盅，醉了刘伶三年整。"从此以后，"杜康美酒，一醉三年"的佳话就传开了。

知 识 点 击

夸张是为了表达效果的需要，运用丰富想象力，对客观事物的形象、特征、作用、程度等方面有意扩大或缩小的修辞格。夸张可分为扩大夸张、缩小夸张、超前夸张三类。扩大夸张是故意把客观事物说得"大、多、高、强、深"的夸张形式。缩小夸张是故意把客观事物说得"小、少、低、弱、浅"的夸张形式。超前夸张是在时间上把后出现的事物提前一步的夸张形式。

据说，解缙小时候就很聪明，喜爱吟诗作对，七岁就已小有名气。有一次，他随父去长江洗浴。父亲有意试一试儿子的才能，把脱下来的衣衫挂在江边的一棵古树上，便出了上联"千年老树为衣架"，要解缙对出下联。解缙随口而答："万里长江作浴盆。"

这下联，不但对得十分工整，而且写眼前之景，豪迈夸张之情更胜于上联。

小 试 身 手

说一说下面这副名为《题三峡大坝》的对联，用夸张手法写出了三峡大坝的什么特点?

上联: 横空出世, 雄五洲大坝, 挟岭成湖, 喜鼓棹轻舟, 破浪巨轮, 安渡三重峡谷;

下联: 立地敞怀, 吞万里长江, 抑洪兴利, 看穿云电网, 摩霄铁塔, 光辉半壁河山。

_____

_____

_____

十二、顶真联

◆趣◆味◆故◆事◆

穷秀才顶真联气垮大富翁

古时候, 有一个贪财如命的大富翁庆寿, 一个好溜须拍马的富家子弟给他送了一副寿联。上联是:

寿禄比南山, 山不老, 老福人, 人杰年丰, 丰衣足食, 食得珍肴美味, 位列三台, 台享荣华富贵, 贵有稀客, 客多是理, 理正言顺也。

做寿之日无人能对出下联, 喜得富翁眉开眼笑。

这时, 一个穷秀才见了上联, 即对出下联:

晦气如东海, 海真大, 大贪鬼, 鬼面兽心, 心术不端, 端是财痞杂种, 终必一死, 死无下葬墓地, 地伏饿狼, 狼撕其身, 身败名裂哉。

气得富翁七窍生烟, 寿席不欢而散。

◆知◆识◆点◆击◆

这副对联的上下联都是采用顶真法创制的, 联语像一条环环相扣的

50

链子，上联把富翁捧上了天，下联却把富翁骂得狗血喷头，令人拍手称快。

顶真，又叫顶针、联珠、链式结构等。顶真法是将前一句或前一节奏的尾字，作为后一句或后一节奏的首字，使两个音节或句子首尾相连，前后承接，产生上递下接的效果，好似串珠子的一种创作方法。用顶真法创作的联语，语句递接紧凑、生动明快。顶真与叠字形式相仿但本质却不同，顶真可以是一个单字，也可以是一个复词或词组，既可以一次使用，也可以重复使用。

传说从前有一书生上京赶考，在过一座独木桥时，迎面来了个挑竹子的姑娘。姑娘说要出一上联请书生对，对出了下联，她才肯让书生先过桥。姑娘出的上联是："竹担挑，挑竹担，竹担挑竹竹挑竹。"书生一时对不出，只得转身让姑娘先过桥。后来，书生路过一座庄园时，见大门上的铜环锁着铜锁，触发灵感，立即想出了下联："铜环锁，锁铜环，铜环锁铜铜锁铜。"这副26个字的对联，仅由不同的6个字重复组成，也算是一副绝妙的顶真联。

顶真对联，根据用字的位置和频率，可以分为句中顶真、句间顶真和句句顶真。句中顶真，即在句中节奏点（断读处）传递文字，古人称之为联绵（连绵）。句间顶真，即在各断句间传递文字。句句顶真，即无论断句多少，联珠到最后一句，可称之连环。

小试身手

你能尝试给下面的上联对出下联吗？请用上顶真手法。

上联：常德德山山有德，

下联：＿＿＿＿＿＿＿＿＿＿＿＿＿＿＿＿＿。

上联：看我非我，我看我，我也非我；

下联：＿＿＿＿＿＿＿＿＿＿＿＿＿＿＿＿＿。

第二章　联之创作技巧

十三、回文联

师太机灵对太师

有一天，一位太师正在山上闲逛，那座山地处偏僻，但风景优美，草木旺盛，小溪清澈见底。太师看了这般美景，心情也变得愉悦很多，不知不觉间走到了一个尼姑庵的前面。他虽然已经告老还乡，但是却依旧很有名望，所以尼姑庵中的师太听闻他到访，立刻出门相迎，并将太师迎入尼姑庵内。

太师与师太聊着天，突然太师来了雅兴，并随口说了一句："太师上山遇山上师太。"不得不说这上联非常巧妙，完全将两人融入情景之中，而且不管是正着念还是倒着念都是相通的。太师借此机会展露了一番自己的文采，本以为会难住师太，结果师太也不是吃素的，张口就说出了一句下联："兄弟下岗遇岗下弟兄。"

太师大感惊奇，没有想到在这深山中的尼姑庵里竟然还有如此高人。或许是被师太激起了兴致，太师又张口说出了一句上联："春露夏雾秋霜冬雪，春夏秋冬露雾霜雪。"师太想了想之后对出了下联："东江南河西湖北海，东南西北江河湖海。"

这下太师心服口服，只感叹自己遇到了对手，也为自己的莽撞而感到惭愧。

回文，是汉语特有的一种修辞方法，它将相同的词语或句子在下文中调换位置或者颠倒顺序，由此产生首尾回环的意趣，也称为回环。

回文对，正是运用回文手法的一种对联形式。回文对有较为简单的，如"人过大佛寺，寺佛大过人""僧游云隐寺，寺隐云游僧"等，下联由上联颠倒语序构成，而语义上又有连贯，独具匠心。

回文对也有较为复杂的，如"雾锁山头山锁雾，天连水尾水连天"，上下联分别是内含回环体，上联以"头"为分界，下联以"尾"为分界，且后半句均为前半句的倒序。更为难得的是"头""尾"呼应，对仗工整，情景相似，意境悠远。再如"画上荷花和尚画，书临汉帖翰林书"则是同音不同字，用谐音字造成回文对，颇有画面感。

可以看到，回文这样一种修辞手法的使用，丰富了对联本身的内容，开拓了意境，也使对联有了难以抵挡的艺术魅力。

◆小◆试◆身◆手◆

利用所学知识，判断下面哪副对联不是回文对。（　　）

A.绿化山清山化绿，长流水秀水流长。

B.凤落梧桐梧落凤，珠联璧合璧联珠。

C.座上飘香飘上座，堂中溢喜溢中堂。

D.一年好景随春到，四季财源顺意来。

十四、趣味联

◆趣◆味◆故◆事◆

他年攀桂步蟾宫，必定有我！

郭沫若幼年在私塾读书，有一次和同学们偷吃了庙里的桃子。

第二天一早，当家的老和尚就发现庙里进"贼"了。是什么人干的，老和尚心知肚明，肯定是那帮馋嘴的学生，于是，老和尚就跑到先生那告了一状。自己的学生跑外面去偷桃子吃，这让以教书育人为业的先生大丢面子，先生便认真追查，好给和尚也给自己一个交代。可是，他问了多遍，就是没有人承认。

气急败坏的先生见强问不行，就改变了讯问方式，以对对联的方法来解决，并声明，要是有人对出了他出的上联，他就不再追究偷桃之事，大家一律免罚。先生出的却一个侮辱对：

昨日偷桃钻狗洞，不知是谁？

面对此联，同学们都面面相觑，不知如何作答。郭沫若思索了片刻，对道：

他年攀桂步蟾宫，必定有我！

"攀桂步蟾宫"暗指获得很大的成就或很高的荣誉，多指金榜题名。郭沫若的下联表示自己日后会很有出息，看似没有"回答"，其实"回答"了，只是绕了个弯子，自说自话地"顾左右而言他"，这种对法叫"闪避对"。上下联看似毫无关联，其实，也是凑对有方，文意畅达。先生惊其才华，当即宣布，偷桃的学生一律免罚。

◆ 知 识 点 击

趣味对联是指对一副对联很有趣，它用途广泛：或褒扬、或鞭挞，或讽刺、或赞美，或鼓励、或自勉。趣味对联处处都有！我们一起来看看下面这些趣味联吧。

二三四五，

六七八九。

横批：南北

上联中缺"一"，下联中少"十"，横批中少"东西"，利用谐音和双关，隐含的意思为：缺衣少食没东西。

天心阁，阁落鸽，鸽飞阁未飞；

水陆洲，洲停舟，舟行洲不行。

这副对联是由同音（韵）字或部分由同音（韵）字组成的，对得工整又朗朗上口。

寄寓客家，牢守寒窗空寂寞；

迷途逝远，返迴达道遊逍遥。

上联用字全部是"宝盖"头，下联用字全部是"走之"旁。这种利用相同偏旁、部首的汉字组成的对联，称为偏旁部首联。

◆ 小 ◆ 试 ◆ 身 ◆ 手

趣味对联，妙不可言。趣味对联的种类随着社会发展，形式变化多样，应用领域广泛。同学们，留心生活，寻找身边的趣味对联吧。

_____

_____

十五、谜语联

◆ 趣 ◆ 味 ◆ 故 ◆ 事

张元反唇对王琪

宋代著名词人晏殊好客，常常在家与文人名士会饮。客中有一位进士姓王名琪，善于属对。据说晏殊写下"无可奈何花落去"，没有下句相对，王琪对以"似曾相识燕归来"。一天，瘦小的王琪在晏殊家遇上了肥胖如牛的张元，席间，王琪自恃善于作对，便出了上联请张元对：

张元触墙成八字。

该句暗指张元为"肥牛"，牛头犄角，构成谜面谜底。不料张元亦非等闲之辈，随即反唇对曰：

王琪望月叫三声。

该句暗隐王琪是"瘦猴"，如啼猿望月，顿时引起满座笑声。

◆知◆识◆点◆击◆

将谜面化入对联之中，在字面上造成一种意境，这样的对联为谜语联。虽实用性不及其他类联，但其娱乐性、趣味性更强，所以一些好的谜语联也备受世人喜爱，世代相传，耐人寻味。

例如：欧阳修的《归田录》中记载的"联谜互嘲"的故事，可说是较早见于记载的谜语联。

明月半依云脚下，

残花双落马蹄前。

这是一副十分成功的字谜联，此联的谜底是"熊"字。作者将对联与谜语两种文学语言艺术的特点融为一体，把文字的笔画、结构，巧妙地藏进联语内，谜趣盎然，对仗工整，自然流畅，毫无做作之感，俨然是一副美妙的风景佳联。

◆小◆试◆身◆手◆

原来对联里也有谜语。请同学们读一读下面几副对联，想一想谜底是什么。

①上联：一口能吞二泉三江四海五湖水，

下联：孤胆敢入十方百姓千家万户门。

谜底（   ）

②上联：日落香残，免去凡心一点；

下联：炉熄火尽，务把意马牢栓。

上联谜底（   ）

下联谜底（   ）

③上联：白蛇渡江，头顶一轮红日；

下联：乌龙卧壁，身披万点金星。

上联谜底（   ）

下联谜底（   ）

十六、应用实践（二）

请你分别写一副数字联、双关联、夸张联、顶真联、回文联、趣味联、谜语联，理解意思后和同学交流。

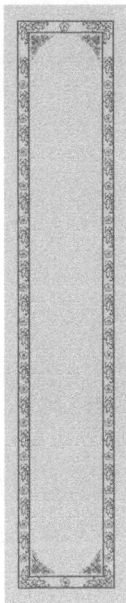

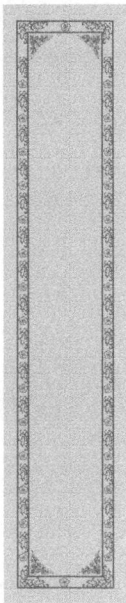

第三章　联描生活万象

一、广告对联（一）

趣　味　故　事

古代商业广告

我国古代的商业广告由来已久，最早可追溯到春秋战国时期。有史料载，明朝弘治年间，杭州西湖边上有一家酒店，因经营不善，生意萧条。这年春天，著名书法家祝枝山游西湖归来，进店饮酒后，向店主问明原因，便奋笔写下一副对联：

东不管西不管，我管酒管；兴也罢衰也罢，请罢喝罢。

这两行大字，轰动了远近城乡，每天观赏者不断。从此，酒店的生意逐渐兴隆起来。

相传，有一年乾隆皇帝微服私访，在京城偏僻的小巷里见到一家叫"天然居"的饭馆，素爱题诗联句的乾隆诗兴大发，提笔在店牌上写了一副回文联的上联：

客上天然居，居然天上客。

但是下联苦思不得其果，正在他大伤脑筋时，纪晓岚对出下联：

人过大佛寺，寺佛大过人。

这一对联竟然为天然居饭馆做了一回免费广告，天然居饭店一时客满，生意火爆。

所谓古代名人代言广告，其实大多不过是他们信手拈来、即兴而作的成人之美作品，没有利益纠葛，没有渴求回报，是因有一颗颗善良的心、一份份爱民之意，才留下了这一段段佳话。所以，很多广告对联到今天还为人们所津津乐道。

知 识 点 击

广告对联具有以下鲜明的特点：

1.易于记诵

广告对联具有对称形式，给人以整齐、精练、悦耳悦目的审美感受，从而使消费者在这种特殊的愉悦中关注并熟记其广告内容。

2.富于意境美

广告对联既有明确的产品信息，又蕴含着不尽之意的审美境界。如"长城电扇，电扇长城"，既清楚无误地传达出"长城电扇"的产品信息，又在一定程度上非确定性地传达出"电扇长城"的审美信息（如情感、思绪等），让消费者产生无限美的遐思。

3.注重情感投入

如某邮政局对联"传千里音信，慰万家情怀"，不仅介绍了服务的行业特征，也把企业对消费者的关爱之情融入其中，体现了企业的情感投放。

4.注重幽默

幽默的广告词能使人在轻松愉快的氛围中接受广告信息，并给人留下深刻印象。如某眼镜店对联"悬将小日月，照彻大乾坤"，非常形象、巧妙而幽默地表现了眼镜的特征和作用。

5.注意运用嵌字、谐音等技巧

把单位名称、店堂字号、产品或服务之名等自然巧妙地镶嵌在对联广告词中，以引起人们的注意。广告中也往往借助谐音突出产品或服务的性质、质量或特点。

请把你印象最深的两副广告对联写在下面，并说说它们的妙处。

第一副：上联＿＿＿＿＿＿＿＿＿＿＿＿＿＿＿＿＿＿＿＿＿＿＿

　　　　　下联＿＿＿＿＿＿＿＿＿＿＿＿＿＿＿＿＿＿＿＿＿＿＿

第二副：上联＿＿＿＿＿＿＿＿＿＿＿＿＿＿＿＿＿＿＿＿＿＿＿

　　　　　下联＿＿＿＿＿＿＿＿＿＿＿＿＿＿＿＿＿＿＿＿＿＿＿

妙处＿＿＿＿＿＿＿＿＿＿＿＿＿＿＿＿＿＿＿＿＿＿＿＿＿＿＿＿＿

二、广告对联（二）

小对联，大时代

对联"因事""为时""兴观群怨"，随时代而发展，特定的时代因素反映在广告对联上，使之带有浓厚的时代气息，打上时代烙印。

例如，同是理发店，太平天国时期，石达开写的"磨砺以须，问天下头颅有几；及锋而试，看老夫手段如何"，表达的是革命者纵目视天下的胸怀。抗日战争时期，汕头沦陷的第二天，潮阳一理发店挂出的"倭寇不除，有何颜面；国仇未复，负此头颅"引起了强烈的同仇敌忾的共鸣。如今，理发店的对联变成了"一头美发添神气，满面春风奔小康"。

新的时代，新的行业层出不穷，需要联家纵情挥毫，写出优秀作品。如林雨先生为一空调机专卖店题写的"室内清新进空气，人间冷暖可调和"一联，以凫胫格（将所要镶嵌的字分嵌于每句之第六字的一种对联格式）嵌入了"空调"二字，既说明了空调机的作用，又表达了商家的万丈雄心。又如2003年春节，一商厦前挂着一副对联"如义取财，与时俱进；与人为善，如日方中"。联中既反映了"以义取财"的传统儒家思想、"以和为贵"的经商之道和"与人为善"的经营风貌，更体现了"与时俱进"的时代风采。

正因为广告对联的巨大艺术魅力，越来越多的现代广告从中汲取精华，逐渐产生出更多的优秀广告对联，使得传统广告对联焕发出新的生命力。

◆知◆识◆点◆击

广告对联以对联为广告形式，有助于各行业推销产品和服务，传播企业文化和经营理念，树立良好企业形象。它具有丰富的艺术表现手法、良好的意境创造能力、情理交融的潜移默化之功和强烈的行业与时代特征，能产生出良好的广告效应。我们来欣赏下面的广告对联。

戏园的广告对联：凡事莫当前，看戏何如听戏好；为人须顾后，上台终有下台时。

古玩店的广告对联：玩物岂能真丧志，居原只为乐陶情。

眼镜店的广告对联：好句不妨灯下草，高年能辨雾中花。

山西杏花村汾酒的广告对联：酒气冲天，飞鸟闻香化凤；糟粕落地，游鱼得味成龙。

酒馆的广告对联：酿成春夏秋冬酒，醉倒东西南北人。

药店的广告对联：只愿世间人无病，不惜架上药生尘。

理发店的广告对联：操天下头等大事，做人间顶上功夫。

◆小◆试◆身◆手

读一读下面这些广告对联，你能猜出它是给什么商品或什么店铺做的广告吗？

①沧桑百年老电影，甘苦一盏清咖啡。　　　　　　　　　　（　　）

②香汤里有沉浮客，水池中多健康人。　　　　　　　（　　）

③助尔美容添妩媚，帮汝英俊具雄姿。　　　　　　　（　　）

三、节日对联（一）

趣 味 故 事

吝啬财主和教书先生

从前，随州一祝氏财主请一先生为其儿子祝小叶当塾师，并许诺每逢七夕为先生加几个荤菜。但祝财主平生十分吝啬，一连数载，都没有兑现诺言。

又一年七夕，三餐依然粗茶淡饭，先生便传学生祝小叶作对道：

"客舍凄清，恰似今宵七夕。"

祝小叶不能对，问其父，父代其对道：

"寒林寂寞，可移下月中秋。"

等到了中秋，祝财主却再次失信，于是先生再传学生祝小叶作对暗示祝财主：

"绿竹本无心，遇节即时挨不过。"

祝财主见了，又代其子对道：

"黄花如有约，重阳以后待何迟。"

到了重阳节，客舍依然冷清，先生只得再传学生祝小叶作对：

"汉三杰，张良韩信狄仁杰。"

祝财主在旁听了，自觉抓住了先生的把柄，得意笑道："先生谬矣！狄仁杰乃唐人也。"

先生听了，微微一笑，不紧不慢答道："前唐后汉记得烂熟，为何一顿饭却如此健忘？"祝财主一听，自知理亏，遂悻悻离去。

　　节日对联，是针对各种节日，以示庆祝、纪念，为节日增添欢乐、隆重气氛而撰写的对联。在节日对联中，最常见的是春联，其他传统节日甚至节气也有趣味横生的绝妙对联。

　　寒食节对联：冷节传榆火，前村闹杏花。

　　元宵节对联：灯明月明，灯月长明，大明一统；君乐民乐，君民同乐，永乐万年。

　　端午节对联：绿艾悬门漆藻彩，青蒲注酒益芬芳。

　　七夕节对联：云汉秋高，凉生七夕；天街夜永，光耀双星。

　　中秋节对联：银汉流光，水天一色；金商应律，风月双清。

　　重阳节对联：九九芳辰，幸未遇满城风雨；三三佳节，好共登附郭云山。

　　立春对联：柳条漏泄传春早，梅萼芳菲得气先。

　　春分对联：三春过半，百刻平分。

　　立夏对联：衔杯倾绿蚁，煮豆爱青蚕。

◆ 小 ◆ 试 ◆ 身 ◆ 手

　　咱们中国的传统节日众多，你知道的节日对联有哪些？搜集两副精彩的节日对联写在下面吧！

　　第一副对联：

　　上联＿＿＿＿＿＿＿＿＿＿＿＿＿＿＿＿＿＿＿＿＿＿＿＿＿＿＿

　　下联＿＿＿＿＿＿＿＿＿＿＿＿＿＿＿＿＿＿＿＿＿＿＿＿＿＿＿

　　第二副对联：

　　上联＿＿＿＿＿＿＿＿＿＿＿＿＿＿＿＿＿＿＿＿＿＿＿＿＿＿＿

　　下联＿＿＿＿＿＿＿＿＿＿＿＿＿＿＿＿＿＿＿＿＿＿＿＿＿＿＿

第三章　联描生活万象

四、节日对联（二）

◆趣◆味◆故◆事◆

咏月佳联

传说，有几个秀才在中秋之夜相聚在一起饮酒赏月。其中有一个号称粤东才子、名为宋湘的秀才在仰望空中明月之时，忽然灵光一闪，吟得一句上联：

"天上月圆，人间月半，月月月圆逢月半。"

但接下来，他苦思冥想，却始终拟不出与之相媲美的下联。其他秀才也趁着酒兴，七嘴八舌，却没有一个人能对得上来。

一直到岁末除夕之夜，这几个秀才又相聚在一起饮酒守岁。在这一夜连双岁之时，宋湘忽然又灵感突发，吟出了下联：

"今宵年尾，明日年头，年年年尾接年头。"

此联对仗工整，结构严谨，上联六个"月"字、下联六个"年"字重复运用，构思奇巧，并描述了岁月交替、时光如流的人生体验，令人读之不禁拍案叫绝。

◆知◆识◆点◆击◆

春节张贴春联也是有讲究的。对联由"一横额两竖联"组成，传统对联的横额是从右往左书写的，如同古书一样，要从右往左念。张贴春联时，应先将横额贴在门楣正中（有的地方是最后贴横额，特别是大门和后门横额），然后将上联贴在横额右边（面对着门），下联贴在横额左边。张贴时，要根据对联的长度来确定对联的高低，还要注意上下两联要对齐贴正。

张贴春联的时间最好在除夕夜之前，以示辞旧迎新之意，至于

"之前"到何时并无确切时间界限，通常以腊月廿八、廿九、三十这几天为宜。至于春联的存留时间，因为春联有喜庆吉祥之意，所以通常要等到来年贴新春联的时候才将其摘除或者覆盖，寓意辞旧迎新、福运一年。春联在民俗中属于吉祥物，故意破坏别人的春联是一种不道德的行为。

小试身手

节日对联寓意丰富，更是有趣。请你试一试，看看能不能将下面出示的对联对完整。

①一元复始，_____。

②_____灯火艳，宵月画图新。

③步步登高开视野，年年_____胜春光。

④中华儿女鲲鹏志，祖国江山_____姿。

五、行业对联（一）

趣味故事

伞铺酒馆共一家

湘潭城里有两兄弟，他们二人共用一个门面开铺，长兄经营纸伞，当伞铺掌柜；老弟经营汾酒，当酒馆老板。店铺开张营业的那天，兄弟俩特意请当地名流写了一副对联：

问生意如何，打得开，收得拢；

看世情怎样，醒的少，醉的多。

对联贴出后，看的人特别多，都夸这副对联写得好。上联以"打得开，收得拢"惟妙惟肖地描绘了雨伞的形状，又诙谐地展望了店里的生意行情；下联用"醒的少，醉的多"绘声绘色地摹写酒馆的热闹场面，又劝谕人们保持清醒头脑。

联语寓意深刻，因此招来了许多顾客。

◆ 知 识 点 击 ◆

每个行业都有自己独特的魅力，在写行业对联的时候最重要的是表达的内容要贴合这个行业本身，一定要概括出这个行业的基本特点，使人一看就能明了。例如有家酒馆经营不善，即将倒闭，一位诗人经过，打听缘由，听完笑着说："我给你写副对联，一定能让你的酒馆生意兴旺。"于是，诗人挥毫疾书：东不管西不管酒管，兴也罢衰也罢喝罢。之后又写上横批"东兴酒馆"四个大字。从此之后这家酒馆生意兴隆、酒客盈门。这副对联之所以可以"救活"这个酒馆，就是因为它在对联中巧妙地加入了"喝酒"这个词语，能使人停步深思。

◆ 小 试 身 手 ◆

1.你知道这些对联指的是哪些行业吗？

①装点大千世界，照明万里鹏程。（   ）

②时序催人珍日月，钟声劝尔爱光明。（   ）

③虽云毫末技艺，却是顶上功夫。（   ）

④华佗在世，妙手回春。（   ）

2.有个地主要开酒店。临开张时，请了一位秀才来写对联，并且要求写得合乎自己的心意：一要人丁兴旺，二要酿酒发财，三要店中无鼠，四要养猪肥大。地主先给了秀才二两银子，答应写得好再给八两。秀才见地主如此吝啬，存心戏弄他，挥笔写下一副对联：

酿酒缸缸好做醋坛坛酸；

养猪大如山老鼠头头死。

横批是：人多病少财富。

对联没加标点。写好后，秀才念给财主听，断句为：

酿酒缸缸好，做醋坛坛酸；

养猪大如山，老鼠头头死。

横批断为：人多，病少，财富

　　地主听了十分满意，赶快叫人将对联贴到门口，可是却不愿意再给那秀才八两银子，秀才也不与他分辨，冷笑一声，走了。第二天，酒店开张，地主忙得不可开交。人们看到门口的对联，纷纷读出来，地主一听，气得七窍生烟。

　　你知道人们是怎么读的吗？试着写出来。

六、行业对联（二）

老中医作对联名不虚传

　　从前，有位老中医善于用中药名字作对联，远近闻名，但是，有个长于对对联的人不大信服，想同老中医一比高下。某日，他亲自登门拜访。刚一进门，两人相互寒暄几句之后，他便指着门口挂的灯笼对老中医说："灯笼笼灯，纸（枳）壳原来只防风。"

　　这一上联，出得相当巧妙，运用谐音双关的手法，既点到中药药材帜壳和防风两味药名，又谐趣地说到灯笼是用纸壳纸糊出来的，它的功能在于防止风吹灭壳内燃着的蜡烛或油灯。

　　老中医不慌不忙地对道："鼓架架鼓，陈皮不能敲半下（夏）。"

　　这一下联，运用同样的手法，不仅含有陈皮、半夏两味药名，而且谐趣地说到架置在鼓架上的鼓，其鼓皮已经陈旧，再不能敲打了。上下联对得贴切自然，恰到好处。

主客两人，初作交锋，旗鼓相当，兴致油然而生，接着又用中草药对一连串的对联。客人走进院内，见到一片幽静的竹林，说道："烦暑最宜淡竹叶。"老中医随口应道："伤寒尤妙小柴胡。"

客人来到院中，在花坛边坐下，见玫瑰花开，触景生情出了一联："玫瑰花小，香闻七八九里。"老中医不假思索答道："梧桐子大，日服五六十丸。"

客人顺便请老中医看了自己的病，告辞出来时说道："神州到处有亲人，不论生地熟地。"老中医应声对答："春风来时尽著花，但闻藿香木香。"客人通过联对，深感老医生名不虚传，十分佩服，便欣然告别。

◆ 知 ◆ 识 ◆ 点 ◆ 击

把一个或者几个字形、字义不同而读音相同的字，分别安排在一副对联中，会使联语更加有趣，示意更加清楚，这便是"异字同音联"，也叫作"混联"。如"灯笼笼灯，纸（枳）壳原来只防风；鼓架架鼓，陈皮不能敲半下（夏）"这副对联中，老中医巧妙地结合了相应的中药名称，既表达了相应的意思，又符合自己的行业特点。

◆ 小 ◆ 试 ◆ 身 ◆ 手

学校里一位老师结婚，各学科老师纷纷结合自己学科特点为其写了一副婚联，请你试着给他们连线配对。

伉俪情深，深似长江三峡；
夫妻谊重，重如泰岳独尊。　　　　　数学老师

夫妻情长，如几何曲线；
子孙繁衍，似小数循环。　　　　　科学老师

常慕连理花并蒂，
今效鸳鸯蝶双飞。　　　　　地理老师

68

七、书房的名与联

一名一联体现文人品质

书房中的对联是读书人悠闲文化的一种表现，也衬托着书房的文化韵味。在我国古代与近代许多文人的书房里，经常挂着题有对联的字幅，这些字幅与读书人自身的抱负颇有关联；同时，书房的名与其主人的生活态度也息息相关。历史上许多著名诗人、作家、学者、画家都曾经给自己的书房起过高雅而有趣的名字。

南宋诗人陆游从小就刻苦学习，他的房子里堆满了书，柜中是书，床上也是书，被称作"书巢"。关于"书巢"一名的由来也有一段故事。陆游在读书之余偶尔想要站起来，但杂乱的书围绕着他，好像堆积着的枯树枝，竟然不能行走，于是他笑着说："这不就是我说的鸟巢吗？"他邀请客人走近看，客人开始不能进入，已进屋的也不能出来，于是客人也大笑着说："确实这像鸟巢。"陆游以"巢"命名书斋，足见爱书之甚。

陆游在给自己书房起名为"书巢"的同时，也题写了一副对联：万卷古今消永日，一窗昏晓送流年。万卷伴终身，是放翁的真实写照，"万卷"突出书很多，"一窗昏晓"可见读书之专致，即不知黄昏，也不知晨晓。放翁嗜书，老而弥笃，"书巢"一名与此对联也流传千古。

书房联也是对联的形式，因此首先需要符合对联的结构要求。要平仄相合，音调和谐，传统习惯是仄起平落，即上联末句尾字用仄声，下联末句尾字用平声。同时要求词性相对，位置相同，一般称为"虚对

第三章　联描生活万象

虚，实对实"。

文人学士的书房的名与联可以表明他们的心迹志向，其体现的是一种精神风貌，书写书房联与为书房起名时应将其与个人的性格、生活态度、品德性情等融合起来，形成蕴含丰富的艺术形式。

书房的名与联作为融合的艺术，在欣赏时不能孤立地看其本身，而要从文人学士的人生经历等多方面综合赏析。

小 试 身 手

你知道下面这些书房的名和对联分别对应哪位名人吗？试着连一连。

梦溪园	数间茅屋闲临水， 一枕秋声夜听泉。	蒲松龄
项脊轩	陋室无需大， 知音不用多。	归有光
聊 斋	项脊轩见往事，悲喜参半； 南阁子忆旧年，苦乐交集。	沈 括
缘缘堂	数卷奇文物志无心匀翠墨， 一钩初月南航北驾为苍生。	刘禹锡
陋 室	写鬼写妖高人一筹， 刺贪刺虐入木三分。	丰子恺

八、应用实践（一）

参考一些书房联，试着给自己的书房或学习的地方取个名字，写一副对联，并说说意思。

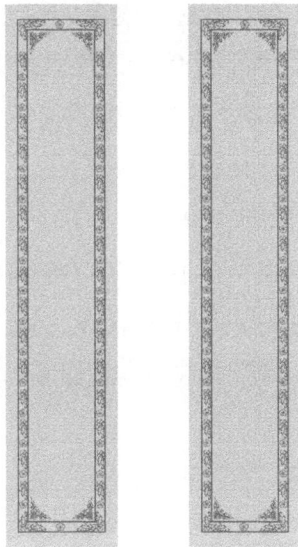

名字：_____

对联：_____

_____

九、现代诗词中的对联

◆ 趣 ◆ 味 ◆ 故 ◆ 事

鲁迅《自嘲》表心迹

1932年的一个冬日，郁达夫的哥哥郁华来到上海，郁达夫在聚丰园为他接风，请了鲁迅和柳亚子夫妇作陪。

"你这两天辛苦了！"鲁迅一到，郁达夫便笑着向他打招呼。

鲁迅一边入座，一边微笑着回答："我可以用昨天想到的两句联语来回答你。就是：横眉冷对千夫指，俯首甘为孺子牛。"

"噢？看来你的'华盖运'还没有脱啊？"郁达夫开起了玩笑。

"我平生没有学过算命，不过听老辈人说，人有时要交'华盖运'的，我要是和尚倒好了，顶上有华盖，总该是成佛作祖的先兆罗。"鲁迅自嘲地一笑，接过郁达夫递过的香烟，说："可我又不过是个俗人，华盖在上，就要给罩住了，只好碰钉子。"

大家哄然一笑，鲁迅等大家笑完，却认真地说："给达夫这么一说，我倒又得了半联，可以凑成一首小诗了。"鲁迅凝眸沉思起来。

柳亚子十分喜爱鲁迅吟出的那一联诗，便说："听说豫才兄的字是极好的，不知能否送我一幅，让我也一饱眼福？"

鲁迅很爽快地答应下来。

过了几天，鲁迅拟了一首《自嘲》诗，在一幅宣纸上挥洒起来，这是他打算送给柳亚子的。诗云：

运交华盖欲何求，未敢翻身已碰头。

破帽遮颜过闹市，漏船载酒泛中流。

横眉冷对千夫指，俯首甘为孺子牛。

躲进小楼成一统，管他冬夏与春秋。

这首诗描述了鲁迅在恶劣环境下"破帽遮颜""漏船载酒"的生活，以及颠沛流离的避难经历。诗中洋溢着战斗的激情和不屈的斗志，这正是鲁迅精神的写照。

知·识·点·击

鲁迅的这首诗，颔联和颈联都是工整的对联。可见诗词与对联相互影响，关系密切。但也有以下不同。

1.结构不同

诗词长短有定式，"篇有定句""句有定字"，绝句20个字或28个字，两联；律诗8句，40个字或56个字，四联。对联长短不限，单边可一句，也有两句或多句；短则一二字，长达数十字或过百字。

2.平仄匹配不同

诗词字有定声，平仄有规定格式，何字必平，何字必仄，何字可平可仄，有律可依。对联虽讲究平仄，但除"律诗对"外无定式，只需符合《联律通则（修订稿）》第五条即可。句中节奏点平仄交替，上下联对应节奏点用字平仄相反。

3.声韵要求不同

诗词既讲声（平仄）又讲韵（押韵），对联只讲声不讲究押韵。

小 试 身 手

中国的诗词曲赋文化博大精深，词有词牌，比如《虞美人》《浣溪沙》等；曲有曲牌，比如《朝天子》《水仙子》等等。历史上不少名人用词牌曲牌做对联，而且对仗工整，上下妥帖。

宋代大文豪苏东坡和著名诗人黄庭坚一起游玩，在傍晚的时候，落霞满天，黄庭坚触景生情，出了一个上联："晚霞映水，渔人争唱满江红。"原来，满江红既代表了江水被红霞印染的画面，又指词牌《满江红》，所以渔人才能争唱。

苏东坡才思敏捷，自然不会怯场，立刻有了下联："朔雪飞空，农人齐歌普天乐。"

请你想一想：下联里哪个词语同样也是词牌名？表达了什么意思？

_____

_____

十、古诗词中的对联

"七律之冠"

诗通常指格律诗，即五言、七言绝句和律诗。诗、联二者关系密切，对联是由我国古代诗词演化而产生，故有对联是诗中诗的说法；而诗的对仗部分（律诗的颔、颈联）即对联，所以说，诗中有联。

在唐代著名诗人杜甫的名篇《登高》一诗里"无边落木萧萧下，不尽长江滚滚来"一句既是流传千古的诗句，也是韵味十足的对联。这首被称为"七律之冠"的诗作创作于唐代宗大历二年秋天。虽然安史之乱已结束，但地方军阀又乘时而起，相互争夺地盘。杜甫初入蜀投靠严武，但严武不久病逝，杜甫失去依靠。时年杜甫已经五十六岁，病魔缠身，在夔州的三年里，杜甫依然久病多虚，生活困顿，一天他独自登上夔州白帝城外的高台，登高望远，百感交集，萧瑟的秋景引发了杜甫身世飘零之感，于是便写下《登高》。

"无边落木萧萧下，不尽长江滚滚来"写出了夔州秋天的萧瑟，诗人仰望漫无边际、萧萧而下的树叶，深感时光已逝、壮志难酬的落寞。"无边"与"不尽"相对、"落木"与"长江"相对、"萧萧下"与"滚滚来"相对，上下联句式对仗，上联仄声收，下联平声收。这样对仗的韵律，使此句成为千古佳句，韵味丰富。

诗词与对联相互影响，诗、联关系密切，诗、联不分。

1.关系

①诗是文学之最，对联是诗之最，故有对联是诗中诗的说法。

②诗的对仗部分（律诗的颔、颈联）即对联，所以说，诗中有联。

③能诗者多善对，善对者亦能诗。诗者不研习对联，写不好对仗；联者不研习诗，撰联不出意境。

2.相同点

①都有严格的格律规定，诗有"诗律"，联有"联律"。

②"联律"中的基本规则与格律诗的对仗要求相一致。

③诗除首句入韵外，都是奇（出）句仄收，偶（对）句平收，与对联的上联仄收、下联平收的规定相同。

④都遵循新旧声"双轨制"，在同一诗联中不能混用。

⑤避忌基本相同，避合掌、尾三仄、尾三平、不规则重字等。

⑥政治、社会、教育意义和作用相同。

诗词的发展丰富了对联的格调。最初，对联多以五言、七言为多，到了宋朝，宋词逐渐兴盛，同时也丰富了对联艺术。

小 试 身 手

许多名诗都包含着极为整齐、意蕴丰富的对联，下面这些诗词中的对联你知道多少？能对出它的上下句吗？

①两个黄鹂鸣翠柳，_____。

②_____，蜡炬成灰泪始干。

③无可奈何_____，似曾相识_____。

十一、不同读法的对联

◆趣◆味◆故◆事◆

四才子西湖趣读联

在风景秀丽的杭州孤山中山公园，有一座亭子，被誉为"西湖天下景"亭。此亭亭柱上悬有一副用行书和草书相间写成的对联，这副对联虽然只有10个通俗易懂的单字，但是重叠起来，一经排列，被历代文人骚客反复吟咏。

相传明朝万历年间，福建叶向高、林友我、董应举三人结伴游玩，途中结识了一位少年才子，于是四人同游西湖。到达一亭前，少年指着对联就读了起来："水水山山处处明明秀秀，晴晴雨雨时时好好奇奇。"董应举仔细观察了一番，说："这样读有些太死板了，意境也不是很好。"他沉思片刻，朗声读道："水水山山处处明，明秀秀；晴晴雨雨时时好，好奇奇。"叶向高说："我觉得不如把这些字调换位置，这样读，意境是不是更好，你们听听。"说完，他读道："水明山秀，水山处处明秀；晴好雨奇，晴雨时时好奇。"

"我也想来读一读，"林友我听完，笑道，"水处明，山处秀，水山明秀；晴时好，雨时奇，晴雨好奇。"

少年若有所思，过了一会，他摇头晃脑读了起来："水山处明秀，晴雨时好奇。"

◆知◆识◆点◆击◆

通过前面的学习，我们知道该亭前的这副对联是一副奇妙的叠字联。在对联创作中，叠字法的运用是非常广泛的，几乎随处可见。这副对联通过叠字描绘出了杭州西湖的旖旎风光。读起来不禁让人想到苏东坡的《饮湖上初晴后雨》："水光潋滟晴方好，山色空蒙雨亦奇。"

为什么同样是一句话，四个人却有不同的读法呢？其实，在中国古代是不用标点符号的，我们在读文章的时候可以根据自己的理解在适当的地方停顿，这种断句的方式，叫作句读。每个人理解的意思不同，断句的方式不同，意思或韵味可能就会发生改变。我们现在学习的古诗、文言文见到的标点符号其实是后人加上去的！少年第一次朗读和董应举的朗读在不同地方停顿，读起来产生不同的意韵。而叶向高、林友我是通过重组的方式读出相同的意思。少年第二次朗读则是通过删减的方式，虽然意思相同，但是韵味却大相径庭了！

◆ 小 ◆ 试 ◆ 身 ◆ 手

1.对于该亭前的这副对联，你还有不同的读法吗？试着写在下面。

上联＿＿＿＿＿＿＿＿＿＿＿＿＿＿＿＿＿＿＿＿＿＿＿

下联＿＿＿＿＿＿＿＿＿＿＿＿＿＿＿＿＿＿＿＿＿＿＿

2.你还见过类似这样有不同读法的对联吗？请抄录一副。

上联＿＿＿＿＿＿＿＿＿＿＿＿＿＿＿＿＿＿＿＿＿＿＿

下联＿＿＿＿＿＿＿＿＿＿＿＿＿＿＿＿＿＿＿＿＿＿＿

十二、读懂对联

◆ 趣 ◆ 味 ◆ 故 ◆ 事

武侯祠妙对

在中国的西南地区，有这样一片沃土，那里不仅有许多名胜古迹，还流传着许多英雄故事。那就是四川成都。

东汉末年，群雄逐鹿，魏蜀吴三足鼎立，形成了中国历史上的三国时期，虽然只有百余年，却是英雄辈出、革故鼎新的大时代。其间留下的大量历史遗迹，构成了中国文化的一大人文风貌，而武侯祠正好承载了国人对三国历史的最好追忆。位于成都市南门的武侯祠，是中国唯一一座君臣合祀祠庙，也是全国影响最大的三国遗迹博物馆。武侯祠由刘备、诸葛亮合祀祠宇及惠陵组成。祠内供奉刘备、诸葛亮等蜀汉英雄塑像50余尊，唐及后代碑刻50余通，匾额、对联70多块。

今天我们就介绍其中的一副对联：

一诗二表三分鼎，

万古千秋五丈原。

这副对联概括了诸葛亮的一生，上联中"一诗"指的是《梁甫吟》，"二表"指诸葛亮写给后主刘禅的《前出师表》与《后出师表》，"三分鼎"指的是诸葛亮帮助刘备，形成三国鼎立的局面。下联"万古千秋五丈原"是融合了时空观念对诸葛亮和五丈原的赞语，"五丈原"指的是诸葛亮北伐时的一个战略要地。蜀汉建立后，诸葛亮被封为丞相、武乡侯，对外联吴抗魏，为实现兴复汉室的政治理想，五次北伐，但因各种不同因素而失败，最后于蜀汉建兴十二年病逝于五丈原，享年54岁。五丈原也因此而出名。可以说，这副对联深切表达了人们对诸葛亮的缅怀之情。

◆ 知 识 点 击

要想理解、读懂一副对联，就必须深入它的字里行间，了解这副对联中所蕴含的典故与寓意。我们在浏览名胜古迹，欣赏描写人物的对联时，一定要结合特定的历史背景以及这些人物的历史生平，这样才能更加深刻巧妙地理解体会它的妙处！例如故事中的对联，如果我们知道"一诗二表三分鼎"具体指的是什么，就不难理解这副对联说的是什么了。

下面这副对联同样也准确概括了诸葛亮一生的丰功伟绩，你能读出哪些故事呢？试着写一写。

上联：收二川，排八阵，六出七擒，五丈原前，点四十九盏明灯，一心只为酬三顾。

下联：取西蜀，定南蛮，东和北拒，中军帐里，变金木土爻神卦，水面偏能用火攻。

_____

_____

十三、难对的联

趣 味 故 事

历史上最难的上联

中国历史上，有许多流传千古的对联，有不少被称为"绝对"，其中有一句上联被称为历史上最难的上联，它就是"烟锁池塘柳"，关于这个上联还有不少小故事呢！

相传，乾隆皇帝下江南，巡视科考，其中有两名举子才华相当，难分伯仲，于是，乾隆皇帝便想出了一个上联考他们：烟锁池塘柳。其中一名举子一听当场调头就走，另一名想了半天也只好悻悻而去。于是乾隆御点先走的为第一。众臣问其原因，乾隆说："此联为绝对，能一见断定者必高才也。"这"烟锁池塘柳"五字，不仅形象地描绘了西湖美景，而且偏旁内含"金木水火土"五行。要对此对，的确不易。若干年后，号称当时第一才子纪晓岚才对出了下联：炮镇海城楼。

相传，民间有一位云游道士精通联律，评纪晓岚的对句"炮镇海城楼"，只能算工整，合于五行，却没有触到"机关"。道士说，在延庆观玉皇阁地下，深埋着一块石碑。石碑的两旁是一副对联"烟锁池塘柳，桃燃锦江堤"，石碑的中间则刻有一幅画，画中意境正是"烟锁池塘柳"。道士认为，这才是无可替代的"绝对"对法。无论在意境、格律、机关上皆为契合。

其实后人考证，该句最早见于陈子升的《中洲草堂遗集》，陈子升作了三个对句，寓于四首《柳波曲》诗中，皆以五行对五行。其一为"灯垂锦槛波"，其二为"烽销极塞鸿"，其三为"钟沉台榭灯"。虽然是诗句，但是它也符合五行的要求，所以把它当作对联看了！

知识点击

"烟锁池塘柳"之所以被称为历史上最难的上联，不仅仅是因为其文字结构上使用"金木水火土"五行（烟字含火、锁字含金、池字含水、塘字含土、柳字含木）作为偏旁，更是因为这句诗的意境很美。其实这句上联从古至今对的人很多，但是都不能被称为"绝对"，原因就在于对意境的把握。烟本身应该是虚无缥缈，似有似无，具有朦胧之美的，给人以扑朔迷离之感，可是就这样一种轻柔的事物却具有庞大的力量感，能够锁住池塘的柳树。正是这样一种柔与刚的结合，才构造了这样一幅具有动态之美的池柳轻烟图。

小试身手

1.故事中的几句下联，你觉得哪一句最贴切？ （　　）

A.炮镇海城楼

B.桃燃锦江堤

C.灯垂锦槛波

D.烽销极塞鸿

E.钟沉台榭灯

2.你还能想出其他合适的下联吗？试着写一写。

_____

_____

十四、加减字变对联

趣 味 故 事

解缙巧应曹尚书

明代翰林学士解缙自幼聪明好学，据说，他六七岁就能吟诗作对，人们都称他为"神童"。他家住在曹尚书府的竹园对面，于是他便在自己家的门上贴了一副对联：

门对千竿竹，

家藏万卷书。

第二天，曹尚书读了对联很不愉快，命家人曹宝去问是哪个写的。一打听，原来是卖水的贫民解通之子解缙写的。曹尚书心想：我家的竹园景色岂能让他借用？于是命家人把园中竹子砍去一截。解缙见了，就在对联下面各添一字：

门对千竿竹短，

家藏万卷书长。

曹尚书读了对联更加气愤，遂命家人把园中竹子全部砍光。解缙见后又在对联下加上一字：

门对千竿竹短无，

家藏万卷书长有。

曹尚书见了十分惊奇，又无可奈何。

◆ 知 ◆ 识 ◆ 点 ◆ 击 ◆

对联的独立单位是"副",所以只要上下联的字数相等,不论多少字都可以。对联的语言精练,对字数没有严格要求,所以可长可短。但是加减字的时候也要注意词性相当、结构相称、节奏相应、内容相关。例如苏东坡小时候觉得自己博览群书、才智过人,曾经写过一副对联:识遍天下字,读尽人间书。

一位老者看见了,便手持一本小书,想考考苏东坡。苏东坡接过书一看,不禁面红耳赤,书上很多字他都不认识!老者走后,苏东坡把门上的对联续为:

发奋识遍天下字,

立志读尽人间书。

◆ 小 ◆ 试 ◆ 身 ◆ 手 ◆

从前,鄂西山区有户人家给儿子娶媳妇,请了一位教书先生写婚联,但是因为招待不周,教书先生很生气,写了一副丧气联:"流水夕阳千古恨,春露秋霜百年愁。"对联贴出之后,亲戚们都直摇头,这副对联没有丝毫的婚庆喜气,相反倒是渲染了无限的哀愁与苦恨。

读一读这副对联,如果此时你在现场,你会有何妙招呢?试着说一说!

_____

_____

_____

十五、创作对联

焉知鱼不化为龙

明代作家邱濬（1420—1495），字仲深，广东琼山人。幼年在学堂读书。有一天，大雨滂沱，教室里有的座位漏雨，他与一个显贵的儿子争坐不漏雨的座位，两人相持不下。老师说："不要争，我有一句五字联，能对出的坐好座位。"于是念道：

"细雨肩头滴。"

显贵之子一听，目瞪口呆，对不上来。邱濬却胸有成竹，应声道：

"青云足下生。"

于是，老师把不漏雨的座位分配给他。

显贵之子不服，回家告诉其父，其父大怒，派人把邱濬叫来，气急败坏地喝道：

"谁谓犬能欺得虎！"

邱濬鄙视地一笑，从容答道：

"焉知鱼不化为龙？"

显贵见他出口不凡，怕他将来一旦做了大官会找自己麻烦，只得作罢。

同学们学习了这么多的对联知识，是不是也想自己创作对联呢？那么，我们回顾一下的对联创作的基本要求吧！

1. 对仗工整是关键

这是对联最基本的特征和要求，即上下联对应位置的词或词组要词

第三章 联描生活万象

83

性相同、词义相关、词类相近。

2.平仄合律是基础

一副好的对联要符合上下联对应位置的词或词组平仄相反的要求，实际创作中可能不能完全满足。但有三点是必须遵守的规则：一是上联末尾一个字必须是"仄声"；二是在联句中处于第二、四、六位置的字尽量满足平仄相反的要求；三是尽量避免出现"三平尾""犯孤平"的情况。

3.文意切题是目的

一副好的对联应该切合时宜，表情达意，说出自己的心声。

◆ 小 ◆ 试 ◆ 身 ◆ 手

中央电视台著名播音员鲁健曾为其所在的节目组新撰了一副别具一格、别开生面的新春长联，一时引起了不小的轰动，可以说是好评如潮。我们先来欣赏这副对联——

上联：猪圆育润播不尽犹豫彷徨徘徊了了彳丁事，

下联：鼠能生巧访得到忠孝仁义果敢勇决智慧人。

横披：oh my god

请你说一说这副对联为什么能好评如潮呢？试着自己创作一副对联。

_____

_____

十六、应用实践（二）

在平时生活中，你一定见过很多对联，把你觉得最有意思的一副对联抄下来，并说说它的意思和妙趣。

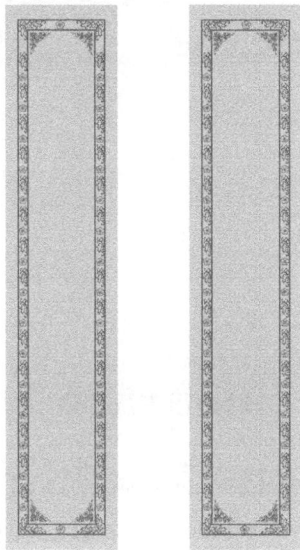

第四章　联诉风俗传统

一、联诉人名

叶挺巧改祝寿联

皖南事变后，叶挺被囚禁在重庆郊外监狱中。1942年，正值郭沫若五十大寿之际，叶挺想赠送一物以表心意。在监狱里极其困难的情况下，他用香烟罐中的圆纸片制作了一枚"文虎章"，并用红墨水饰以花边，周围环绕着他亲笔书写的一副寿联：

寿强萧伯纳，骏逸人中龙。

写罢，让其夫人李秀文想办法转赠郭沫若，以表示祝贺。东西送走后，叶挺还在狱中踱步，经过反复斟酌，他觉得寿联有进一步修改的必要，随即修书一封，请李秀文设法转给郭沫若，信中说：

"在囚禁中与内子第二次聚会，彻夜长谈24小时，曾说及15日将往祝郭沫若兄50大庆，戏以香烟罐内圆纸片制一'文虎章'，上写'寿强萧伯纳，骏逸人中龙'两句以祝。别后自思，不如改为以下两句为佳：'寿比萧伯纳，功追高尔基'。"

郭沫若接到信后又高兴又感动，连连称赞叶挺改得好。改后上下联平仄相间，韵律和谐，将外国名人嵌入联中，新颖别致。萧伯纳，英国杰出的现实主义戏剧家；高尔基，苏联现实主义文学的奠基人。用人名为联表达了叶挺对郭沫若的尊敬和赞誉。而且萧伯纳是寿星（1850—1950），他活了整整一百岁。叶挺在此是借以祝郭沫若多产高寿。

◆ 知 ◆ 识 ◆ 点 ◆ 击 ◆

对联中有一类专以人名为联，构思奇妙，既把人名尤其是名人的名字巧妙嵌入，又具有内涵或意境，令人拍案叫绝。

据说陈寅恪教授在1932年主持的清华大学入学考试的国学试卷中出上联：孙行者。当时所对下联五花八门，有"猪八戒""唐三藏"等，其中有对"胡适之"，得了满分。此对中"胡"对"孙"为谐音借对，暗指猢狲。而陈寅恪给出的标准答案是"祖冲之"，"祖"对"孙"，姓氏对姓氏，又是辈分上的名字对；"冲"对"行"，动词对动词；"之"对"者"，文言虚词相对，真乃天造地设，无懈可击。

◆ 小 ◆ 试 ◆ 身 ◆ 手 ◆

1.以人名入联，有的取原意，有的则取引申意。有的人名联还把名字与生活中的现象结合起来，读来意境极佳，画面感十足。请你读一读下面这副对联，试着补充下联。

上联：塔上点灯，层层孔明诸葛亮；

下联：池中栽藕，节节_____。

诸葛亮，字孔明，在这里"孔""葛"（格）都是塔上的孔眼、窗格，在塔里点上灯，每一个孔眼、每一层窗格都清清楚楚地印在塔外人的眼里。

2.下面所给出的上联有多种下联应对，请查阅资料，挑选你觉得最妙的下联写出来。

上联：笼中鸟，望孔明，想张飞，无奈关羽；

下联：_____。

二、联诉时事

趣 味 故 事

五四运动中，对联显威力

1919年五四运动期间，上海市各阶层爱国人士使用多种多样的宣传方法与内外敌人开展斗争，其中对联发挥了很大的作用。例如南市为声援被捕学生而罢市的商店，纷纷在门口贴出对联：

学生一日不释，

本店一日不开。

学生含冤，定卜三年不雨；

同胞受辱，可兆六月飞雪。

前联表现了团结支援的雄大声势和决心；后联运用齐妇含冤和邹衍下狱的典故，语痛意昂。当然，骂汉奸卖国贼的对联也不少，如磁业公会门前张贴的：

四金刚捧日，的确可杀；

众商行罢市，尤须坚持。

"四金刚"是指段祺瑞、陆宗舆、曹汝霖与章宗祥四个卖国贼，语句双关。

闸北一家虫鸟店借助谐音"鹿獐螗"，骂陆宗舆、章宗祥和曹汝霖三个卖国贼都是兽类，贴的是：

三鸟害人鸦鸱鸨，

一群卖国鹿獐螗。

还有人把白云寺门前大匾"普天同庆"改为"普天同愤"，两旁张贴对联为：

学生被捕神流泪，

贼奸窃国鬼兴悲。

及至运动胜利，各店纷纷贴换新的庆贺对联：

共争青岛归还，同看国贼罢黜；

欢呼学生复课，庆贺商店开门。

这些联语，表达了中国人民的气节，也表现了中国人民的智慧。

◆ 知 ◆ 识 ◆ 点 ◆ 击

对联可结合时事特征，紧密地联系我们的生活，反映我们最关心的时事热点。2020年春节后，新冠疫情暴发，产生了大量与抗击疫情相关的对联。在这些洋溢着激情、充满感染力的作品中，不少好句炫彩夺目，让人赞叹。比如：

火神、雷神、山神，天降大神来护国；

仁士、义士、勇士，国凭壮士去撑天。

火神山、雷神山的建设体现了中国速度，以钟南山为代表的医护人员展现了中国担当，他们是民族脊梁。

◆ 小 ◆ 试 ◆ 身 ◆ 手

2020年的春节，有人写了下面这副对联，请你结合当时的时事热点和对联的内容，谈谈你的理解。

上联：唯祝霍去病，

下联：但愿辛弃疾。

_____

_____

_____

三、联诉生肖

大大老鼠偷皇粮

唐朝时候，武康县有个才子叫孟郊，出身微贱，但读书用功，文才出众。一年冬天，有个钦差大臣来到武康县了解民情。县太爷大摆宴席，为钦差大人接风。

席间，身穿破烂绿色衣衫的小孟郊走了进来。县太爷一见十分不快，瞪眼喝道："去去去，哪来的小叫花子，真扫雅兴。"小孟郊气愤地顶了一句："家贫人不平，离地三尺有神仙。"钦差一听，觉得这个小孩有些文采，就想出个对联考考他，并允诺："若对得出，就在这里吃饭。"这钦差大人自恃才高，见小孩身穿绿色衣衫，便摇头晃脑地说："小小青蛙穿绿衣。"小孟郊见这位钦差大臣身穿大红蟒袍，又见席桌上有一道烧螃蟹，略一沉思，对道："大大螃蟹着红袍。"钦差一听是暗地骂他，但有气不便出，因有言在先，只得让县官给小孟郊安排一个偏席，赏他吃饭。席间，钦差斜了一眼小孟郊，又阴阳怪气地说："小小猫儿寻食吃。"

小孟郊看着正啃骨头的钦差大臣和县太爷，便回对道："大大老鼠偷皇粮。"

钦差大臣、县太爷一听，目瞪口呆，吓出了一身冷汗。原来他们花的正是朝廷救灾的银子，做贼心虚呢。

十二生肖是十二地支的形象化代表，即鼠（子）、牛（丑）、虎（寅）、兔（卯）、龙（辰）、蛇（巳）、马（午）、羊（未）、猴（申）、鸡

（酉）、狗（戌）、猪（亥）。生肖作为悠久的民俗文化符号，古往今来，许多对联，特别是辞旧迎新的春联中都有它们的形象。

鼠虽然口碑不佳，相貌也不讨人喜欢，还落得个"老鼠过街，人人喊打"的千古骂名，但从社会、民俗和文化学的角度来看，它早已脱胎换骨，演化成为一个具有无比灵性、聪慧、神秘的小生灵。老鼠，是十二生肖之首，具有丰富的文化内涵和象征意义，例如：

玉鼠辞旧岁，金牛迎新春。

鼠年百业兴旺，子岁五谷丰登。

小 试 身 手

请你根据上下对联含义和相关知识将合适的生肖名称填写在春联空白处。

①上联：虎步刚开千里景，

　下联：＿＿＿毫又写万家春。

②上联：丑时春到户，

　下联：＿＿＿岁福临门。

③浙江省莫干山十二生肖石雕公园进口处石牌坊左右立柱上的对联。

　　上联：子丑寅卯辰巳午未申酉戌亥，

　　下联：＿＿＿＿＿＿＿＿＿＿＿＿＿＿＿＿＿＿＿＿＿。

四、联诉节气

贾文通乡村田野巧对农夫

明朝的时候，江南有位进士出身的知府叫贾文通，才华横溢，学富五车，善于吟诗作对。有一天，贾知府到郊外微服私访，一行人走到乡村田野，看见农夫们在耕种，便想找个机会和他们交谈。只见不远处走来了一位农夫，贾知府见状，急忙拦下了他，且当即说明了情况。农夫倒也不惊奇，但提了一个条件，要对对子，如果能对得上他的上联，便知无不言，如果对不上，则另请高明。农夫当即脱口而出一上联：

"一犁耕破路边土，今日芒种。"

这上联出的堪称经典，难度非同一般，联中镶入了节气，要想对出完美的下联，也需镶入节气才行。贾知府闻之，皱了皱眉，没想到这荒郊山野，竟然能有如此才华之人，心中顿时惊奇万分，沉思了片刻，对出一下联来：

"双手捧住炉中火，明朝大寒。"

农夫一听，连连点头，称赞说："对得好，对得妙！"自知眼前之人非同一般人，立刻如实相告，知无不言！

这下联应对经典，与上联有着异曲同工之妙，同样镶入了节气，不仅对仗工整，且意境相符，上下联相组合，堪称一副经典之作。

我国的特有文学形式——对联，以二十四节气为素材者诸多，有的还很十分巧妙、精彩，这表明了节气文化在我国的悠久历史和深厚的群众基础。它们结合了趣味性、生活性和艺术性，给中华对联宝库增加了

别样的情趣，值得欣赏、研究和传承。

含零星节气的对联较多，含全年二十四节气的对联很少见，也较难撰作。因为这类对联既要符合联律，注意词类、结构、平仄的对仗，又要依二十四节气的顺序来写，联句内容也须紧扣节气时令。《楹苑随记》中记录了江西德安钟希逵老先生所作"二十四节气"联，在已知的二十四节气全联中可谓最全，令人拍案叫绝。此联以下半年十二节气对上半年十二节气：

新岁立春喜添福，雨水催发芽，响雷惊蛰，春分节至温趋暖，清明扫墓甚思亲，雨淋应谷雨，春光易逝将立夏，大塘水小满，芒种漫漫肥田，夏至季临，小暑大暑天酷热，炎暑消除迎秋日；

金风送爽欣立秋，光阴苒处暑，白露润苗，辰值秋分候渐凉，寒露添衣堪御冷，霜降结银霜，秋景难留届立冬，小雪花稀飘，霄飞纷纷大雪，令逢冬至，小寒大寒地严寒，冽寒逝去涌春阳。

小 试 身 手

相传，原明朝大臣、后降清的洪承畴，在"谷雨"这天与人对弈，随口吟一上联：

"一局妙棋，今日几乎忘谷雨。"

弈者对道：

"两朝领袖，他年何以别＿＿＿＿＿＿＿。"

下联中巧用一节气名称，一语双关，讽其失义折节，意味深长。你知道是哪一节气名称吗？写一写。

五、联诉地名

刘墉巧对乾隆

相传，一次乾隆皇帝去木兰围场巡视，途经密云县。傍晚时分，刘墉陪乾隆在潮河岸边散步。乾隆望着川流不息的河水，突发兴致，便随口吟出："密云不雨旱三河，虽玉田亦难丰润。"

乾隆的上联，巧妙地揉进密云、三河、玉田、丰润四个地名，但却将这四个地名赋予了新的含义，表达的是自然气候对生产生活的影响，大意是乌云再多，但是不下雨，河流就会干涸，良田得不到灌溉，也难有好收成。

刘墉听罢，稍作思忖，便对出下联："怀柔有道皆遵化，知顺义便是良乡。"

刘墉的下联，同样揉进了怀柔、遵化、顺义、良乡四个地名。但却更加高明，更显智慧，既对出下联，又是一种委婉地进谏，真可谓用心良苦，实属不可多得的地名联。下联传达的是一种治国经世理念，即爱民为政思想，大意是对天下、对百姓要采取怀柔政策，爱护百姓，安抚边疆，就能使国家太平；只要懂得顺应民意的道理，施行有利于百姓的治国方略，每个地方都会成为乐土，人民就会安居乐业。

我国地名之多、之复杂，可以说令世界上许多国家逊色。而地名之有趣、含义之双关，则给了文人骚客发挥的空间，他们将各种地名与对联相结合，由此创造了一系列的地名对，既丰富了大众的文化生活，也为中国的对联文化带来了更精彩的内容。下面就让我们来欣赏几副地名对联，感受一下文人学子的奇思妙想与地名对联的盎然趣味吧。

关于上面故事中的对联，当代著名书法家刘炳森反联语之义，同样巧妙揉进八个地名，续写了堪称绝佳的对联：

密云布雨引三河灌玉田万年丰润，

平谷移山填静海建乐亭百世兴隆。

此联下联中的四个地名为平谷、静海、乐亭、兴隆（平谷为北京地名，静海为天津地名，乐亭、兴隆为河北地名）。同样以地名入联，写出了新时代中国人民在党的领导下，改造自然、建设美好家园的愿景，对仗工整，自然贴切，也是一绝。

◈小◈试◈身◈手◈

1.你能找出下面两副对联中的地名吗？

第一副：玉树桃源百色艳，秀山丽水万年春。

_____

第二副：进贤集贤以兴国，咸丰永丰而富民。

_____

2.下面是一副老对联，请查阅资料，写出其中含有的地名和人名。

宰相合肥天下瘦，司农常熟世间荒。

_____

_____

六、联诉书法

◆趣◆味◆故◆事◆

爱联如命

清代，浙江省仁和县（在今杭州市）有个书生名叫马庆孙，是个酷爱字画的人。一次，他携带行装赴广东，乘船途经豫章（在今南昌市），夜泊在生米潭这个地方。谁知当夜他被盗贼所劫，行囊一空。当时，刘南簝在南昌当按察使，马庆孙赶紧登堂告状。刘南簝看他所呈失单，不过是些字画玩物，颇不以为意，遂一笑置之。

这一来，可把马庆孙急出了一身汗。他大惊失色，央求说："失物中有郑板桥手书楹联，先父爱如至宝，视之如命。望大人费心追还，其余东西倒还罢了。"刘南簝怜惜他一片痴心，即通令各县严加追缉。没过几天，果然从货担中找到了那副楹联：

春风放胆来梳柳，

夜雨瞒人去润花。

刘南簝看那楹联书法龙飞蛇走，语句精妙隽永，也爱不忍释，笑说："真是千金难买的珍品啊！难怪马庆孙这么急于找到它。"

◆知◆识◆点◆击◆

一幅对联书法作品，包括书法和对联两个层面，书法是直观的线条艺术，对联是内在的语言艺术。一幅好的对联书法作品，既要有好的联语内涵支撑，又要有好的书法外观表现。联语借书法的笔韵墨趣，更显汉字多姿多彩的形体美，而书法又因联语的字词优美、对仗工丽、音韵和谐，蕴含耐人寻味的诗意美。联语渗透并浓缩了作者对社会、对人生的独特感悟，有诗的意境和韵味。书法借助笔墨线条的形质、力度、节奏、神采，传递出人格、气质、情感。所以说，对联书法，是书法和对联两种艺术相结合的产物，是珠联璧合、相辅相成、相得益彰的艺术品。

所以，对联不是一种单纯的文学艺术，还兼有书法艺术特征。一副对联，尤其是一副绝妙的精品佳联，既要有精妙的文词，又要有与之相应的书法来展示。

◆ 小 ◆ 试 ◆ 身 ◆ 手

1990年，启功先生写了一副非常精美的五言联：

春秋多佳日，

山水含清晖。

上下联分别出自晋宋之际的陶渊明《移居二首》的第二首和南朝谢灵运的《石壁精舍还湖中作》。

即使不知道这十个字背后的含义，只看字面意思以及书法线条和神采，就令人赏心悦目。

你觉得这样的对联内容和书法艺术表现了启功先生什么样的人生境界？

_____

_____

_____

第四章　联诉风俗传统

97

七、联诉生死

苏东坡开挽联先河

宋代杰出大文豪苏东坡，多才多艺，酷爱诗、书、画，首开豪放派词风。而且他还是位对联顶尖高手，一生不知作过多少副妙联，据说他开启了挽联风气之先河。

宋代著名才子韩绛才华横溢，庆历年间，县、乡、殿试皆中前三名，熙宁年间，先后出任枢密副使、参知政事和宰相等职。韩绛为官清廉，为人正直，是苏东坡十分敬重的前辈。韩绛去世后，苏东坡悲痛不已，书联挽之：

三登庆历三人第，

四入熙宁四辅中。

上联两个"三"，下联对以两个"四"，高度赞扬韩绛的学问建树和功勋德业。

后人说，韩绛去世，苏东坡开了我国挽联史之先河。此事无从考究，但是苏东坡的确是挽联高手。

苏东坡府中有两名丫鬟，一个叫朝云，一个叫暮雨。苏东坡与她们朝夕相处，情意深厚。据说，有一回苏东坡在众人陪同下散步，拍着肚皮问道："你们说，我这肚子里装的是什么？"有人说是文章，有人说满腹都是见识。苏东坡都不满意。这时只见朝云说道："学士，您装了一肚皮的不合时宜。"苏东坡笑道："知我者，唯有朝云也。"后来苏东坡被贬，颠沛流离，唯有朝云一直不离不弃，伴随他流落天涯，无怨无悔。朝云早逝，苏东坡建六如亭纪念她，在亭柱上写道：

不合时宜，唯有朝云能识我；

独弹古调，每逢暮雨倍思卿。

这副挽联不仅把两名丫鬟的名字巧妙嵌入其中，增强真情实感，表露深切悼念之情；同时，巧妙借助"朝云""暮雨"两个名字的特点，寓意双关，叹人间知音稀少，自己落得个"不合时宜""独弹古调"的处境。

◆ 知 识 点 击

中国古人往往会用对联的形式对人的出生表达庆贺，也会用对联的形式对亲朋好友的离世表达悼念。挽联是为悼念死者而作的对联，具有哀思缅怀的性质。

写好挽联，最重要是瞻前启后。所谓"瞻前"，就是要对逝者一生的优点、特点和突出贡献有全面深刻的了解，才好作出概括性的表达；所谓"启后"，则是要表达逝者一生对后人人生意义的启迪、给后人的感悟。

◆ 小 试 身 手

鲁迅逝世时，有一副挽联如下：
译著尚未成书，惊闻陨星，中国何人领呐喊？
先生已经作古，痛忆旧雨，文坛从此感彷徨！

读一读这副挽联，说一说你对鲁迅的成就和突出贡献有哪些新的了解。

_____

_____

_____

八、联诉戏曲

◆ 趣 味 故 事

为何演戏

清代著名的文人王鸣盛，出生在嘉定（在今上海）一个农民家庭。他小时候家里贫穷，但特别用功地学习，在少年时就善于写诗作对，才气非凡。在他的家乡，因为一些水利灌溉方面的问题，本村和邻村经常闹纠纷，以至于大打出手，后来，请来了一些有名的文人来进行调解。经过一番调解以后，两村人决定共唱一台戏，一块儿热热闹闹地了结这场祖辈留传下来的纠纷。

开戏的那天，各村的头面人物都到了戏台前。有人提议说，应该写副对联挂在戏台两侧，大家都很赞同。于是，就把在场的老学究王汝翰推出来执笔写，王汝翰挥笔写道：

化干戈，为玉帛，言归于好。

王汝翰写完上联，正想怎样写下联，忽然看见了本村里的王鸣盛，他觉得应该让王鸣盛展示一下才华，于是，就叫这位少年来对下联。王鸣盛接过笔，写下了下联：

假梨园，排忧非，冰释嫌疑。

这里的"假"，不是真假的假，而是依仗、假借的意思。一联出口，大家都夸赞不止，于是，一台好戏热热闹闹地开演了。

◆ 知 识 点 击

时代似舞台，戏剧如人生。戏曲是雅俗共赏的艺术，深受老百姓喜爱。几个人，一方地，展现大故事，从策马奔腾到鏖战疆场，从闺园楼阁到宫殿朝堂。用简单的舞台精准展现情节和发展，是戏曲艺术的妙处所在。对联与戏曲结下了不解之缘，按照习俗，戏曲演出的戏台前一般都会悬挂对联，或雅或俗，给戏迷观众带去一种启发。

◆ 小 试 身 手

请选择合适的对联序号填到括号内。

写戏，就是将人间好事、善事、侠义事，喜事、乐事、得意事，苦事、悲事、不平事，丑事、恶事、伤天害理的事，搬到戏台上展览。因此就有了对联（　　）。

演戏，则是把帝王将相、才子佳人、忠臣侠士、奸恶小人、神魔鬼怪演绎一番。一会儿称帝拜相，一会儿坐牢杀头，一会儿英雄豪杰，一会儿鸡鸣狗盗，扮尽世上事，过足人间瘾。对联（　　）即是真实写照。

看戏，总想走得近、站得高、听明白、看清楚。没来由，台上杀人他着急，台上伤心他落泪，台上疯癫他喝彩，台上高兴他乐意。真是（　　）。

戏台，现实中做不了的事，在这里可以做到。这里涂脂抹粉，闪亮登场，只不过演绎人生，带给启发，于是有人说（　　）。

A. 古往今来只如此，浓妆淡抹总相宜。

B. 故意装腔，炎凉世态；现身说法，游戏文章。

C. 或为君子小人，或为才子佳人，登台便见；
　　有时欢天喜地，有时惊天动地，转眼皆空。

D. 你也挤，我也挤，此处几无立足地；
　　好且看，歹且看，大家都有下场时。

九、联诉气象

煮雪泡茶

元祐四年，苏东坡被贬杭州。那年冬天，他和父亲及弟弟三人到嘉兴南湖游玩。船到嘉兴，三人上岸，逛完烟雨楼，又登真如塔，最后到真如寺，却下起大雪来。三人轻叩寺门，寺内和尚见是名闻天下的"三苏"，欲挑水烧茶。苏东坡手指积雪道："不必挑水了，煮雪泡茶，岂不更有诗意。"不一会，茶就煮好了。品了数杯后，苏洵道："今天煮雪泡茶，我出一上联助兴，看你们谁先对出？"说罢道出上联：

"东塔寺和尚朝南坐北吃西瓜。"

上联中嵌入"东南西北"四个字，但也难不倒苏东坡兄弟。苏洵刚说完，苏子由对苏东坡道："您是兄长，理应先对。"苏东坡闻此言，随即道出下联：

"春水庵尼姑自夏至冬穿秋衣。"

下联中嵌入"春夏秋冬"四个字，正好与上联中的"东南西北"成对。

父子三人畅谈至天色将晚，方走回船上。外面雪越落越大，苏东坡触景生情，朗声吟道：

"雪瑞兆丰年，国泰保民安。"

气象，用通俗的话来说，是指发生在天空中的风、云、雨、雪、霜、露、虹、晕、闪电、打雷等一切大气的物理现象。中国传统文化尤其对联中经常借气象来描摹景色、景象，并展现作者的气度、格局。

相传明太祖朱元璋游马苑，让皇太孙朱允炆和第四子朱棣陪同，这时候有风吹来，马群扬尾嘶鸣，朱元璋出联道："风吹马尾千条线。"令其二人对出下联。朱允炆的下联是：雨打羊毛一片毡。而朱棣的下联则是：日照龙鳞万点金。

朱允炆之对虽工整，但立意不雅，凄风苦雨，景象衰败，令人沮丧，朱元璋深感扫兴，对朱允炆"视之默然"，认为"气弱"。而朱棣之对对仗工整，文辞雅正，气势磅礴，有帝王气象，朱元璋对之大为赞赏。

这次"马苑应对"一事可以说反映了二人的性情，也显示出皇孙不是皇子的对手。后来，朱棣果真取代朱允炆登上帝位，并把国都由南京迁到了北京。

小 试 身 手

清代著名诗人周渔璜，名起渭，号桐野，贵阳青岩人，才华横溢。有一年，周渔璜任浙江主考。浙江一些考生，听说他是贵州人，以为贵州蛮子，难有真才实学，借欢迎为名，出了个上联请他对：

洞庭八百里，波滔滔，浪滚滚，宗师由何而来？

周渔璜凛然回答道：

巫山十二峰，云重重，雾霭霭，本院从天而降！

这群考生听了，大为震惊，为自己莽撞的行为后悔不已。

你觉得下联中哪些气象展现作者的气度、格局，震慑了众了考生？

_____

_____

_____

十、联诉时间

◆ 趣 ◆ 味 ◆ 故 ◆ 事

小沙弥巧对知府

清朝时，江苏镇江的金山寺有个小沙弥，异常聪明。文人们对对子遇到难题，小沙弥试着一对，居然颇多妙对。消息传到知府那儿，知府不相信，有心要去试一试。知府出身名医世家，不但文采好，对中医也很精通。知府心想："既然小沙弥以善对著称，必须想个难对子才行。"他忽然想起中药使君子花的奇异特性，有了主意，便与几个文人一起来游金山寺。到了庙里，他对小沙弥说："听说你很会对对子，我出个对子你能对吗？"小沙弥毫不犹豫地说："大人请出上联。"知府吟道：

"使君子花，朝白，午红，暮紫。"

小沙弥随即手指墙角花草，应声答道：

"虞美人草，春青，夏绿，秋黄。"

原来，知府说的"使君子"是一种奇特的中草药，夏天开花，一天里头的早、中、晚，颜色三变；小沙弥对的"虞美人"，又叫"丽春花"，是一种挺好看的草花，一年里头的春、夏、秋，颜色三变。这两位不单对得好，对植物还挺有研究，观察得很仔细！

知府没料到小沙弥反应如此敏捷，高兴得摸着小沙弥的光头，连声称赞。

◆ 知 ◆ 识 ◆ 点 ◆ 击

我国古代记录时光流转的方法是独特而多元的，对联里往往会用到：时、刻、更、鼓、点、日、周、旬、月、节气、季、年、纪、世、代等与时间有关的词语。其中有的大家比较熟悉，有几个可能比较陌生，我们来了解一下。

时——中国古时把一天划分为十二个时辰，每个时辰相等于现在的两小时。古人根据中国十二地支来命名各个时辰。

刻——古代用漏壶计时，一昼夜共一百刻。今用钟表计时，一刻等于十五分钟。

更——古时用敲击更梆的次数来计算和划分夜晚的时间，一夜五更，每更约两小时。

鼓——古代夜间击鼓报更，所以用鼓作为更的代称。四鼓相当于一时至三时。

点——古人把一更分为五点，一点相当于现在的24分钟。

另外，一旬是10年，也有说法是12年，也可以表示10天；一纪12年；一世30年。

小 试 身 手

请你在下面三副对联的空白处填上适当的时间词语。

①万丈红尘三杯酒，千____大业一壶茶。

②三____挑水，担回两轮明月；

　傍晚洗衣，弄碎一片彩霞。

③____风____雨____月____雪，一年四季，季季皆有美景；

　红梅白兰绿竹黄菊，满庭芬芳，样样可作画题。

十一、联诉器皿

◆ 趣 ◆ 味 ◆ 故 ◆ 事

农夫妙对气阔少

从前，一个姓张的财主少爷考中了秀才，便在家张灯结彩敬奉天地祖宗。少爷性格狂妄，大喜之际，想当众卖弄文才，恰巧看见在院里吃饭的一帮长工，于是，他提出和长工们对对子。长工中有一位年老的农夫，一直痛恨张家对长工的刻薄，苦于平时没有机会倒苦水，这回机会送上门来了，便站起来应对。

张少爷摇头晃脑说道：

"四书五经有趣有味。"

农夫举起手中的饭碗答：

"一日三餐无油无盐。"

那张少爷不觉一惊，再不敢小看这农夫，便以祠堂为题出对联：

"十根金龙柱，十颗小圆珠，十对宫灯十红十绿。"

农夫晃晃手中的碗筷接对：

"一只青花碗，一个大缺巴，一双筷子一白一乌。"

这时，张少爷听出农夫答对的弦外之音，便没好气地发火道：

"哼，吃老子的，喝老子的，还不知足？"

农夫毫不示弱，盯着祠堂敬祖宗的供桌回道：

"嗬，敬祖宗的，拜祖宗的，当然嫌少！"

那张少爷被气得哑口无言，在场的长工们齐声叫好。

◆ 知 ◆ 识 ◆ 点 ◆ 击

同学们对"鼎食钟鸣""才高八斗"等成语，对"人生得意须尽欢，莫使金樽空对月""劝君更尽一杯酒，西出阳关无故人"等诗句耳熟能详，那些器皿总会很自然地融进中华文化中。中国人制造和使用器皿，不只是用来控制自然，而是用其来体现人与自然的和谐共生。

中国传统礼乐文化使工具器皿上升到艺术领域。夏、商、周三代的玉器从石器时代的石斧石磬等上升而来，玉的精光内敛，坚贞温润的意象又成为中国画、瓷器、书法和诗追求的目标；三代的铜器从铜器时代的烹调器和饮器等上升而来，铜器的端庄流丽又是中国建筑、汉赋唐律、四六文体的理想型范。在中华文化里，从最底层的物质器皿，到高贵的艺术器皿，都反射着中国人与天地乾坤的和谐节奏。

古代日常生活中所使用的盘盒、笔筒、花插、水洗、饮具等器皿，在具有实用功能之余，也经由擅长雕工塑形的匠人之手，被赋予优美灵动的器表装饰与造型，使得整体兼具对称均衡与节奏韵律的雕塑之美，因而也常常成为对联的主角。

◆小◆试◆身◆手◆

1.下面是某餐馆门口贴着的一副对联，请你试着在空白处填上适当的关于器皿的词语。

上联：____中餐粒粒皆辛苦，弃之可惜；

下联：____里酒口口都香甜，量力而行。

2.下面这副回文联很有意思，请你试着在空白处填上适当的关于器皿的词语。

上联：九曲桥下湖空，空_____下桥取酒。

下联：陶宅院前酣醉，醉汉前院摘桃。

十二、联诉食物

趣 味 故 事

对松江知府联

相传张之洞在两江总督任上时，一日微服私访。途中忽遇一少年时学友，二人相见甚欢。学友恰在某一官宦人家教书，便邀张之洞同往，小住数日以清谈。张之洞欲体察民情，欣然同往。只是告诫学友，不要声张自己的身份，以一般朋友相待即可。

没过几日，松江知府因事到这官宦人家。这户人家便大摆宴席，殷勤备至。入席时，学友和张之洞自然也在被邀之列。席间，这家主人和松江知府互相谦让座位，谁料张之洞走过来，不声不响地在首位坐下了。主人和知府都十分不高兴，但又不好发作。

知府心中不快，心想：我在松江可是一手遮天的人物，不知从哪冒出这么一个不知高低的东西，竟敢与我争锋，若直接计较，有失自己身份，不如来点文雅的，旁敲侧击，也让他知道知道我的厉害。知府便提议："为佐酒兴，本官以桌上酒菜为题，思得一上联，请诸位对一对下联。"于是，知府借席上的松江名菜鲈鱼出了个上联：

"鲈鱼四鳃，独占松江一府。"

吟罢，冲着张之洞微微一笑。张之洞是何等人物，立即明白：你这不就是想借鲈鱼表明自己的身份，说我无礼吗？张之洞也微微一笑，指着桌上的一盘螃蟹，应声对道：

"螃蟹八足，横行天下九州。"

知府闻言，心想此人口气如此之大，来头一定不小，忙问陪坐的那位学友，学友只好赶忙说这就是两江总督张之洞。知府一听，犹如五雷轰顶，来人正是自己的顶头上司，慌忙倒身下拜，叩头请罪。

每当快要过年时，大家就开始念叨跟过年有关的俗语：二十三，糖瓜粘；二十四，扫房子；二十五，磨豆腐；二十六，炖锅肉；二十七，杀只鸡；二十八，把面发；二十九，蒸馒头。你看，咱们中国老百姓绝对是"民以食为天"。

中华餐饮文化源远流长，而餐饮对联是餐饮文化中非常亮丽的组成部分。在我国，许多脍炙人口的餐饮对联彰显了丰富多彩的美食文化。你看有人给"麻婆豆腐"写的一联，令人垂涎欲滴：

人生多况味，麻辣香鲜，尽在一盘豆腐；

世道有浮沉，兴衰离合，已然百载麻婆。

小 试 身 手

有位厨师精通对联，每做一道菜，都能对出好的联句来。一位秀才故意出难题，给厨师两个鸡蛋、几棵青菜，要他做几道菜，并且对上好的对子。厨师欣然接受，做了四道菜：第一个是用小葱蒸两个蛋黄；第二个在青菜叶片上铺着一排小块蛋白；第三个是清炒蛋白花一盘；第四个是清汤一碗，汤上浮着四个半拉的蛋壳。每个菜旁都有一句诗，加起来正是两副对联，合起来还是唐朝诗人著名的一首诗。秀才见了，深表佩服。

你知道这两副对联是什么吗？

_____

_____

_____

第四章 联诉风俗传统

109

十三、联诉上梁竣工

趣 味 故 事

纪昀贺法式善梧门书屋落成

法式善，乌尔济氏，字开文，号时帆，蒙古正黄旗人，清乾隆年间进士，官至侍讲学士。工诗善文，著述颇丰。他的京中住所在景色宜人的什刹海畔，藏书万卷，名曰梧门书屋。

书屋落成时，纪昀撰一联相贺：

小筑当水石间，直以云霞为伴侣；

大名在欧苏上，尽收文藻助江山。

上联写书屋之雅。"小筑"指规模小而比较雅致的住宅，多筑于幽静之处。书屋坐落于幽雅僻静的水石之间，仿佛与云霞做伴，表明其能以天地为襟怀，以云霞为伴侣，气度之恢宏，视野之开阔，远远超出了书屋之外。

下联称颂屋主人的才德。"大名"，谓好名声，大名望。说法式善的才学和奖掖后生的大名可与宋代文学家欧阳修、苏东坡相比，他笔下华丽的文辞足以给锦绣江山增色，他所培养的人才更能为美好江山添辉。以前代著名文人的文采和功德作衬托，与贺书屋之意颇为贴切。

本联措辞高雅华丽，有人认为说这位法式善的大名在欧苏之上，有言过其实之处，也有人认为这样的联语多为祝贺赞颂，不必介意。

知 识 点 击

以前，人们对建房都十分重视，成家立业首选是建一座好房子。建房有三个程序非常重要：奠基、上梁、竣工。奠基、竣工现在在建筑工地上也常见到，这里着重介绍上梁。

当墙壁砌好后，安装梁框，架设桁条，盖上屋顶，这全过程统称上梁。上梁是建房的关键阶段，要选择吉日吉时，举行一次大型的讨吉庆贺活动。要在上午太阳上升时进行，绝对不能在下午进行，要保证在天黑以前将屋顶盖好，做到当天晚上新屋内不露天、看不到星星。

上梁主要有照梁、贴红对联、滚梁和晒梁等四个程序。

第一，照梁。将梁架桁条等放在新砌墙壁之内，用花皮（桦树皮）扎成火把点燃，将所有木料及墙壁统统照一遍，驱除恶气添上喜气，这叫照梁，边照边说喜话：

一照金梁玉柱，二照金玉满堂，

三照喜报三元，四照事事如意，

五照五路财神，六照六六大顺，

七照天献七巧，八照八仙聚会，

九照九天同庆，十照十全十美。

第二，贴红对联。照梁结束后安装梁架桁条，在不同部位贴上不同内容的红对联。比如新房正门上贴"上梁逢黄道，竖柱遇紫微"；当门的后墙上贴竖条"姜太公在此百无禁忌"；梁架的双臂上贴"金龙盘玉柱，彩凤绕梁飞"；正当门中脊桁条上贴五个红字方"福禄寿喜财"。

第三，滚梁。滚梁是上梁过程的高潮。贴好红对联之后，一切梁架桁条安装固定好，由木匠大师用笆斗装着六十六或九十九个小白面馒头，每个馒头上点三个红点点，这叫滚梁馒头。再加上一些糖果硬币等（富人家要用元宝和银圆），向所有梁架桁条上抛撒并滚向地下，让看热闹的孩子们抢食。滚梁的寓意是讨吉，预兆新房建成后家中的金银财宝粮食等，一直能堆到屋顶梁头和桁条边。滚梁馒头就是谐音屋内金银粮食堆满屋顶梁头之意。滚梁时要放鞭炮，木匠大师在鞭炮声中，边撒馒头糖果，边高声说喜话：

新屋坐落金福地，朱雀玄武分四方。

左有青龙腾云雾，右有白虎坐山岗。

前有朱雀财气大，后有玄武子孙旺。

111

天开黄道排金柱，地转经纬架玉梁。

八洞神仙来贺喜，五路财神一起降。

观音送来吉祥果，富贵荣华万年长。

第四，晒梁。滚梁结束，时已近午，红日当空。新屋内不准任何人进入，工匠们休息吃饭，让太阳照晒新房的梁架桁条和墙壁，这叫晒梁。一些条件好的家庭，晒梁时要用一块六尺长的红绫子披在中脊桁条上同晒，寓意洪福齐天。

上梁表示新房子当天即可初步竣工，亲邻好友都来送礼祝贺，名目叫"踩当门"。主家要设宴招待工匠和踩当门的贺客。上梁这一天，不怕下雨，希望下雨，雨下得越大越高兴，一面下雨一面冒雨施工，工匠们衣服湿透了也高兴。这就是祖祖辈辈传承下来的"有钱难买雨浇梁"。

现在盖房庆贺上梁的仪式仍然存在，但是很多都是楼房或是购买的商品房，上梁仅仅成了一个可有可无的程序，不再像以前那样隆重。

小 试 身 手

下面是民间上梁对联，请你按照对联的特点，把相应的上下联连起来。

上梁喜鹊叫　　　　　高加创业梁

梁起户聚瑞　　　　　白虎架金梁

金梁光耀日　　　　　瓦铺门纳祥

青龙缠玉柱　　　　　竖柱彩霞飞

大竖擎天柱　　　　　玉柱力擎天

十四、联诉婚嫁

趣 味 故 事

龙凤对联，巧牵姻缘

清代，安徽有个秀才叫汪儒扬，他少年英俊，才思敏捷。

一天，徐相爷家办喜事，往来的宾客都是知书达礼、出口成章的才子，大家都凑在一起吟诗作赋，好不尽兴。

新娘徐小姐顿时有了诗兴，张口就出了个上联：

"红烛盘龙，火中龙从水里出。"

随后，她吩咐丫鬟传话给大家："对不出下联，就不许进来闹新房。"众位宾客一看上联，都面面相觑，无言以对。众人一筹莫展时，汪儒扬恰好路过此地，听闻情况后，指着一位脚穿绣花鞋的女子，脱口而出：

"赤鞋绣凤，天上凤向地下飞。"

"好一句工整的下联！"新娘子一听着，大为惊叹！下联中还有把自己比作"天上凤"的意思呢。再瞧汪儒扬，虽衣衫破烂，却潇洒俊朗，便想为自己二妹牵线搭桥，随即修书一封，让丫鬟传话给他："拿着信，去相爷府见相爷求亲！"

汪儒扬来到相府递上了信，徐相爷读完信，便特设鱼羊席（一碗鱼肉汤，一碗羊肉汤）招待他。

席间，徐相爷指着桌上的菜，出一上联：

"席上鱼羊，鲜乎鲜矣。"

这一联绝了："鱼"和"羊"二字，合起来就是"鲜"字，而"鲜"字还可以读三声，表示稀少的意思。这是一字双音，一语双关哪！

汪儒扬暗自佩服，真不愧是相爷！他抬头望向窗外，只见西楼下二

113

小姐的身影，从窗边闪过。当即对出下联：

"窗前女子，好者好之！"

老相爷一听，的确是工整合字的佳对："女"和"子"二字，合起来就是"好"字，"好"也可以读四声，表示喜爱之意。老相爷连声说道："妙啊！"当即吩咐家人张灯结彩，择日完婚。

◆ 知 ◆ 识 ◆ 点 ◆ 击

婚联是庆贺男婚女嫁的专用对联。婚联的内容主要是赞颂新人结合，表达对新郎新娘未来婚姻生活的憧憬与祝福。婚联既是喜联又是贺联，可喜可贺就是它的基本功能属性。喜庆与恭贺都要营造欢快、喜庆、祥和、吉利的氛围，所以婚联总是要对婚姻的场景加以描绘或渲染，不吉利的字词不用，以使观看品读对联的人心情愉悦。

婚联的具体内容可用恭贺、祝福、勉励来概括。创作撰写婚联还有喻时的习惯，即把完婚的时令融入对联内容当中。所谓"时令"通常是指举行婚礼的节令，于是就有了切合春夏秋冬四季景色的婚联、切合旧历十二个月的婚联和切合各种节日的婚联。

创作撰写婚联也可以寓事，把与新郎新娘相关的姓名、成就、职业等一些背景因素写入对联，"量身定制"的婚联比通俗婚联，既增加了趣味性，又体现了文化品位。

◆ 小 ◆ 试 ◆ 身 ◆ 手

绝代艺蘅词，三岛客星归故国；
传家爱莲赋，百花生日贺新郎。

据传这是为祝贺梁启超的长女梁令娴与周先生结婚而写的对联。有人认为此联极其精妙，也有人觉得赞颂中颇有疏忽，有犯忌讳之嫌。

请查阅相关资料，说说你的看法。

_____

_____

十五、联诉祠堂

◆ 趣 ◆ 味 ◆ 故 ◆ 事

康有为题袁崇焕祠

进了北京龙潭湖公园北门，往西走十几步，便是明末民族英雄袁崇焕的祠堂，祠址很高，门首刻康有为所写"袁督师庙"横额，两侧有他撰写的一副对联：

其身世系中夏存亡，千秋享庙，死重泰山，当时乃蒙大难；

闻鼙鼓思东辽将帅，一夫当关，隐居敌国，何处更得先生。

袁崇焕（1584—1630），字元素，广东东莞县人。他在明末督师蓟辽，在抵御清军入犯时，曾经立过大功，人们都称他为袁督师。崇祯二年，清军打到北京，他督师入援，列阵于广渠门外，以相差13倍的兵力，背城血战。清军因无法对付，只好撤退，并设下反间计，故意泄漏给明廷，说袁督师私通清军。多疑的崇祯帝信以为真。这样，忠心为国的英雄在崇祯三年的八月十六日，被杀害于北京。

袁督师的祠堂和墓，与西子湖畔的岳飞庙和岳飞墓南北辉映，同样是我们民族正气的象征。

◆ 知 ◆ 识 ◆ 点 ◆ 击

祠堂，也叫宗祠、祖祠、祖厝，最常见的两种叫法是家庙和祠堂。上面故事中袁崇焕祠堂是祭拜袁崇焕的专祠；宗祠主要是一个大家族或

115

一姓氏供奉祖先牌位和举行祭祀活动的场所，也是商议家族大事、执行家法族规、修撰家谱的主要场所。

上古时期，宗祠为天子专有，士大夫和平民不能私自建祠堂。周代以后，士大夫逐渐开始建立宗祠，以便供奉祖先和举行祭祀。到唐五代时期，民间开始建造家族祠堂。清代以后，祠堂开始在各大家族普及开来。

在古代，宗祠是集合家国法制为一体的场所，具有强烈的时代特性。发展到现在，宗祠也是聚合族人，凝聚族心的主要场所。宗祠的建设，往往也是族人家族荣耀的展现地。所以，在城乡建筑中，祠堂是规模最宏伟，装饰最华丽的建筑群体，古文化加上古建筑，这样一座集合传统文化和传统美学的建筑，往往也是一大独特的人文景观，代表了当地的经济发展水平和传统文化水准。

宗祠中往往镌刻或悬挂很多祠联，包括堂联、楹联、门联等。大量明清时期以后建造的祠堂风格各异，但却具有一个共同的特征，就是祠堂里都悬挂有较多的楹联。这些楹联直观彰显家族，表现出族人重传统、溯本源、崇宗族的精神。其中文化内涵非常丰富：颂扬先祖、怀念祖上的楹联，表现出子孙后代极为浓厚的崇祖敬宗的观念；训诫子孙、劝勉族人的楹联，表现出家族重视伦理道德的风尚。

小 试 身 手

朱氏宗祠里有这么一副颂扬先祖的祠联：
一统江山明社稷，四书精典宋圣贤。

你知道这副对联中说的是哪两位人物，他们分别有什么特殊成就吗？

_____

_____

116

十六、联诉茶茗

一碗清茶，解解解元之渴

年纪轻轻的解缙中了解元（乡试第一名），越发闻名。有一次，他正在游山，口渴难耐，看到一个草庐，就进去要茶喝。一位白发苍苍的老者问他是何人，解缙年少气盛，出口答道："吾解缙解元是也。"老者笑道："啊，你就是号称神童的解缙呀，想喝茶是不是？那么请你先对一个对子。"

解缙毫不在乎地说："什么对子，老丈请说！"老者好似胸有成竹，慢慢说道：

"一碗清茶，解解解元之渴。"

上联妙在"解解解"，"解"字三音三义，第一个念"jiě"，用作动词，解除口渴之意；第二个念"xiè"，是解缙的姓；第三个念"jiè"，是指解缙的解元身份。解缙心想，这老人家倒同我开起玩笑来了，对起来确实不容易，看来这碗茶我是喝不成了。于是解缙准备告辞，顺便问道："老丈，您贵姓？"

老者答："敝姓乐。"解缙听言，为之一震。

"您一直住在这山里吗？"

"不，老夫过去是朝廷乐府的一个官员。"

解缙更是一喜，指着壁上挂的七弦琴说："老丈常抚琴？"

"略知一二。"

"请弹一曲好吗？"

"好，好。"

老者取下琴，奏了一首《高山流水》，解缙笑着说："我对上了，我

117

对上了!"接着高声念出了他的下联:

"七弦妙曲,乐乐乐府之音。"

解缙到底是神童,不愧为解元,下联如法炮制,何其妙哉!"乐"也是三音三义,第一个念"lè",用作动词,喜欢之意;第二个念"yuè",是老者的姓;第三个虽也念"yuè",但它是指老者的身份,三个"乐"对三个"解",词性次第相同,功能分别对应,自古无双,可谓"绝"对。

"绝妙!绝妙!"老者赞不绝口,于是,便捧出了清茶让解缙品尝。

知 识 点 击

中国是茶的故乡,中国人发现并利用茶,据说始于神农时代,少说也有4700多年了。

作为开门七件事(柴米油盐酱醋茶)之一,饮茶在古代中国是非常普遍的。茶是中国人的基本生活物资,贯穿日常生活中。"清茶一杯,亲密无间。"人们采用或泡或煮的方式,在家庭、工作场所和茶馆等不同场所品饮与分享茶,既增加了生活情趣,也陶冶了个人情操和提升个人道德修养,还促进了人际和谐。中国幅员辽阔、民族众多,茶也被广泛应用于婚礼、拜师、祭祀等仪式活动。以茶敬客、以茶结友、以茶敦亲、以茶睦邻,都是优秀文化传统,体现了中国人谦、和、礼、敬的价值观,有助于增强文化认同和社会凝聚力。

中华茶文化源远流长,博大精深,不但体现在物质文化层面,还体现为具有深厚的精神文明层次。唐代茶圣陆羽的茶经在历史上吹响了中华茶文化的号角,从此茶的精神渗透入宫廷和社会,深入中国的诗词、对联、绘画、书法、宗教、医学。几千年来中国不但积累了大量关于茶叶种植、生产的物质文化,更积累了丰富的有关茶的精神文化,其中,茶联文化更是璀璨夺目。

茶联的历史源远流长，据说清代的郑板桥题写有十二副茶联，其中就有"从来名士能评水，自古高僧爱斗茶"等佳联。

如今，在茶馆、茶楼、茶亭的门柱上，茶道、茶艺表演的厅堂内，都可以看到各种各样的茶联和匾额，古朴高雅，能增强品茗乐趣，极大地丰富了中国茶文化的内涵，令人回味无穷。

清代乾隆年间，广东梅县叶新莲曾为茶酒店写过这样一副对联：

为人忙，为己忙，忙里偷闲，吃杯茶去；

谋食苦，谋衣苦，苦中取乐，拿壶酒来。

北京万和楼茶社，隔壁有一书屋，来此饮茶、读书、休憩的人很多，于是得一联曰：

茶亦醉人何必酒，书能香我无须花。

四川青城山天师洞有一联：

扫来竹叶烹茶叶，劈碎松根煮菜根。

请你从这些茶联中选择一副，说说体会。

_____

_____

_____

_____

第四章　联诉风俗传统

第五章　联述人生百态

一、联述喜乐

◆趣◆味◆故◆事◆

醉汉骑驴，摇头晃脑算酒账

秦少游与苏东坡相差 12 岁，两人虽以师徒相称，但是志趣相投，更像是好朋友。两人经常一起去游玩，或者切磋文采。有一天，苏东坡闲来无事，找来徒弟秦少游去游玩，秦少游应邀前往。两人乘船前往目的地，一路上看着岸边的花草树木、蔚蓝的天空，顿时忘却官场的失意，心情也好了很多，在路上相谈甚欢，感叹相见恨晚。

路过一个小山村时，岸上有一个醉汉骑着驴东倒西歪的，样子十分有趣，引起了苏东坡的注意。苏东坡看到这个情景，一时来了兴致，想考考自己这个徒弟，于是出了这样一个上联：

醉汉骑驴，摇头晃脑算酒账。

这个上联虽是苏东坡随口而出，但是并不好对，纵使秦少游才高八斗，一时也没有想到合适的下联。但是秦少游并未放弃，一路上紧皱眉头思索下联。时间过得很快，两人乘船快要到达目的地时，船夫正在慢悠悠地撑船摇桨，打算把船停靠在岸边。秦少游看到此景，一直紧皱的眉头终于松开了，因为他想到了一个绝佳的下联。于是连忙对苏东坡说出了下联：

艄公摇橹，打躬作揖讨船钱。

苏东坡一听这个下联，对得十分工整，暗暗称赞，觉得自己果然没有看错人，这个徒弟确实有才学。而秦少游说出的这个下联正好被撑船的船夫听到，船夫以为是两人急着给自己船钱，连忙说：不急不急。秦少游和苏东坡听到船夫这样说，两人相视，哈哈大笑。弄得不知情的船夫倒是有点不好意思，也跟着笑了起来。

最终两人顺利到达目的地，玩得十分开心，而这次对联逗趣也成为两人难忘的经历之一。

◆ 知 ◆ 识 ◆ 点 ◆ 击 ◆

秦少游本名叫秦观，字少游，号淮海居士。秦少游与苏东坡一样也是个大才子，一生坎坷，因此所作诗词高古沉重，为婉约派的词宗。一次偶然的机会他认识了文豪苏东坡，出于对苏东坡的仰慕之情，便拜苏东坡为师，成为"苏门四学士"之一。

苏东坡是北宋著名的文学家、书法家，号东坡居士，也是中国古代历史著名的文豪。苏东坡才华横溢，为人豪爽正直，率性洒脱，因此也结交了许多朋友，其中就有自己的徒弟秦少游。两人经常在一起对对子、下棋聊天、喝酒逗乐、切磋文采，留下了许多有趣的小故事。

◆ 小 ◆ 试 ◆ 身 ◆ 手 ◆

明代时，唐伯虎、祝枝山、文徵明、徐祯卿四人在江南一带很有名气，号称"江南四大才子"。他们常常以文会友，以作诗、拆字、对对子为乐。有一天，唐伯虎邀请另三位才子到唐府做客，三人一进入唐府大门便看到唐伯虎和家人正在一面壁画墙前种桂树，三人很是不解，心想为什么要在墙前种桂树呢？

这时唐伯虎见三位好友到来，连忙放下手中的活，将三位邀请到

121

客厅就座，吩咐丫鬟上茶、备酒，四人围桌而坐。这时祝枝山先开口道："唐兄，我们四人今天来做个拆字游戏如何？"唐伯虎问道："怎么拆？""每人拆一句然后四人组成一首诗，你意下如何？"祝枝山答道。唐伯虎一听，连忙说："好，好，祝兄好主意，那就祝兄先来。"祝枝山想了一想，回答说："刚才进门的时候正好看你在种桂树，就以此为题吧。"接下来祝枝山就说道："闲种门中木。"

唐伯虎听后心中暗暗思考，门中有木是个"闲"字，祝枝山说的这一句"闲种门中木"从意思到文字技巧都很妙啊。唐伯虎随口答道："有意思，有意思。"随即开口答道："思耕心上田"。大家一听，都拍手叫绝，被唐伯虎的巧妙构思折服了。这时文徵明连忙说道："唐兄确实更胜一筹，接下来我来第三句，我对的是秋点_____。"文徵明刚说完，大家都说："好。"

这时唐伯虎说道："祯卿兄，该你收尾了。"徐祯卿站起来拱手说道："各位种的种，耕的耕，点的点，轮到我这该生长了啊。"便开口答道："甜生_____。"徐祯卿刚话音一落，众人和他击掌，连连称道："妙啊。"

唐伯虎说道："我们四人拆的字，连起来正好一首诗啊。"随后读了起来："闲种门中木，思耕心上田。秋点_____，甜生_____。"大家听后齐声称赞，这时祝枝山说："我们四人聚会拆字吟诗，各显其能啊，有种有收，可谓获益匪浅也。"唐伯虎提议："今天一醉方休，不醉不归。"众人齐声叫好，开怀畅饮，尽兴而归。

你能把文徵明和徐祯卿对的对子补充完整吗？

秋点_____，甜生_____。

二、联述哀怨

金圣叹临刑妙联

金圣叹是清初著名的文学家、文学批评家，评注了"六才子书"，被称为奇才。金圣叹不仅才华出众，还豁达过人。他的一生也留下许多妙联，其中有副对联被人所熟知。

金圣叹因冒犯皇帝，受"抗粮哭庙"案牵连而被朝廷处以极刑。行刑那日，凄凉肃穆，方圆不大的一块阴森森空地，四周闪着刀光剑影。金圣叹披枷戴锁，岿然立于囚车之中。刑场上，刽子手手执寒光闪闪的鬼头刀，令人毛骨悚然、不寒而栗。眼看行刑时刻将到，金圣叹的两个儿子梨儿、莲子（小名）望着即将永诀的慈父，更加悲切，泪如泉涌。金圣叹虽心中难过，可他从容不迫，文思更加敏捷，为了安慰儿子，他泰然自若地说："哭有何用，来，我出个上联你们来对。"于是吟出了上联：

"莲（怜）子心中苦。"

儿子跪在地上哭得气咽喉干、肝胆欲裂，哪有心思对对联。

金圣叹把儿子们嗔怪了一顿，然后说："起来吧，别哭了，我替你们对下联。"接着念出了下联：

"梨（离）儿腹内酸。"

旁听者无不为之动容，黯然神伤。上联的"莲"与"怜"同音，意思是他看到儿子悲切恸哭之状深感可怜；下联的"梨"与"离"同音，意思是自己即将与儿子离别，心中感到酸楚难忍。这副生死诀别对，字字珠玑，一语双关，对仗严谨，可谓出神入化，撼人心魄。

只见寒光闪处，伴着这惊天地、泣鬼神的千古绝唱，一代才华横溢的饱学之士、文坛巨星陨落了。

◆ 知 ◆ 识 ◆ 点 ◆ 击 ◆

哀怨指悲伤而含怨恨，通常当人受到打击或者遇到很难过的事时容易产生这种感觉。古代的中国人生活虽然清苦，但是过得很有情趣，比如喜爱吟诗作对。别以为吟诗作对是文人的专利，这一展示人生才华与价值的活动，参与者众多，普通老百姓往往也能借此抒发情感。并且，许多对联都是与现实生活窘境相伴而生的。

◆ 小 ◆ 试 ◆ 身 ◆ 手 ◆

只许州官放火

据宋·陆游《老学庵笔记》卷五记载，宋朝有个州官，叫田登，是管理这个州的最大的官。田登欺压百姓，横行霸道，蛮不讲理。他还有个毛病就是非常痛恨别人直接说出他的名字，认为这是对自己不尊敬。他名叫田登，不单"登"字儿不许说，就连那些跟"登"字读音一样的字儿，也不许别人说。谁要是触犯了这个忌讳，轻则挨板子，重则判刑。

这年正月十五灯节，也就是元宵节，田登让人在城里贴出了告示，上面写着："本州依例放火三日。"怎么是"放火三日"呢？原来，元宵节晚上家家户户点上花灯，让大伙儿整夜看着玩，本来应该写上"放灯三日"，可这"灯"跟田登的"登"同音，一想到田州官的板子，谁还敢写"放灯"呀？没办法，大街小巷满处的告示上，都写成了"放火三日"！

老百姓一看，又是气又是笑，哀怨一片。过个灯节，连"灯"字都不准提，这叫什么世道！有人就借这个事儿，干脆编了一副对联：

只准州官放_____，

不许百姓点_____！

这两句，后来成了个成语，一直流传至今。人们常借这一成语，形容那些横行霸道、欺压百姓的坏官儿。你知道空格内填写什么字吗？

自愧姓秦

清代乾隆朝，宋朝奸臣秦桧的后人秦大士考取了进士，他写得一手好文章，有点名气。一次，他与几个朋友游杭州西湖，一路笑谈，不知不觉到了岳庙、岳坟一带，坟前有秦桧和其夫人王氏的跪像。

游到这里，朋友们联兴大发，唯秦大士一言不发。偏偏同行者有位不知根底的人劝他也题上一联。

秦大士既怨恨又哀伤，调整情绪后，坦然地吟出一联，为自己解了围：

人从宋后羞名_____，

我到坟前愧姓_____！

请你在空格里填上适当的字。

三、联述自信

趣 味 故 事

张居正年少出语不凡

明代大臣张居正（1525—1582），字叔大，号太岳，湖北江陵人，明嘉靖年间中进士，授编修。后在任官期间，整饬吏治，加强边备，改革漕运，丈量土地，行"一条鞭"法，颇有政绩。据说他少年时代就非常聪颖，有"神童"之称。

明代嘉靖初年，苏州进士顾璘出任湖北巡抚。他视察江陵时，当地正在举行"童子试"。一向重视人才选拔、培养与教育的顾璘，欣然前往观看。他发现有一个小孩，长得乖巧伶俐，实在可爱，便把这小孩唤到身边。"你叫什么名字呀？"顾璘和蔼地问。张居正年龄虽小，却毫不畏惧，自信朗声答道："张居正！"顾璘一听，更加欢喜地说："好啊！既然居正，将来准能成才！"张居正说："老大人请勿戏言！童虽不才，联句属对却略知一二。"顾璘听后，更加喜爱张居正了，说："那好！我出个对子，你要是对得好，我以金带相赠！"张居正不慌不忙地施礼道："老大人请赐教。"

顾璘拉着张居正的小手，出句道：

"雏凤学飞，万里风云从此始。"

这半联正好说到了张居正的心坎里，他稍加思索即高声对道：

"潜龙奋起，九天雷雨及时来。"

顾璘听后大喜，说："有才有志，只要永远居正，将是国家栋梁无疑！"说罢，立即解下腰间金带相赠。

◆ 知 识 点 击

人生得意时须自信，失意时更当自信。说到自信，不得不提唐朝诗人李白，他有"诗仙"之称，是伟大的浪漫主义诗人，留下了许多千古名篇。体现李白那种发自骨子里的自信诗句有很多：

"大鹏一日同风起，扶摇直上九万里。""天生我材必有用，千金散尽还复来。"这是他对自己才华和未来的自信。

"人生在世不称意，明朝散发弄扁舟。"这一句看似是劝解，实际上也是因为他足够自信。

"仰天大笑出门去，我辈岂是蓬蒿人。""安能摧眉折腰事权贵，使我不得开心颜。"这是他不畏世俗和权贵，从心底里自信。

"长风破浪会有时，直挂云帆济沧海。""俱怀逸兴壮思飞，欲上青天揽明月。"这说明他志比天高，不惧怕风浪，不为世俗的一切左右自己的心性。

跟着故事学对联

有人为李白撰对联一副，表达对李白自信和傲骨的钦佩：

诗中无敌，酒里称仙，才气公然笼一代；

殿上脱靴，江头披锦，狂名直欲占千秋。

小 试 身 手

蒲松龄写对联

著名古典小说《聊斋志异》的作者蒲松龄，十分喜爱对联。蒲松龄热衷科举，却始终不得志。纵然胸有奇才，却屡试不第，一气之下，他愤弃举业，肆力为文。他特地在自己的镇纸铜条上刻下了一副自勉的对联：

有志者，事竟成，破釜沉舟，百二秦关终属楚；

苦心人，天不负，卧薪尝胆，三千越甲可吞吴。

这副对联的意思是：有志向的人，做事都会成功，就像项羽破釜沉舟，最终的百二秦关都归于楚；苦心人，上天也不会辜负他，就像勾践卧薪尝胆，仅以三千越甲，吞并了吴国。这副对联也告诉人们，做事一定要有恒心，有毅力。想成功，就要做一个有志者，一个苦心人。蒲松龄用对联激励自己奋发著书，在他的著书中也多有妙联。

也许是蒲松龄的一生与对联有着不解之缘吧，死后人们也用对联纪念他。一代文坛巨匠郭沫若，就曾在山东淄川蒲松龄故居里的"聊斋"厅堂内，写下了这样一副对联：

写鬼写妖，高人一等；

刺贪刺虐，入木三分。

你还知道哪些关于蒲松龄的对联？写一写。

_____

_____

四、联述智慧

趣 味 故 事

年少李东阳智讨风筝

李东阳是一位十分聪慧有学识的人物，本是行伍家庭出身，后来通过自己的努力，考中进士，一步一步走到内阁首辅的位置。

李东阳小时候既聪明又活泼。有一天他与小伙伴一起放风筝，一不小心风筝的线断了，风筝被吹到一员外家的花园里。小伙伴们胆小，都不敢去要，唯独李东阳胆子大，他翻墙过去拾风筝。

这员外看见从墙外跳进一个小孩，先是吓了一跳，后来看李东阳文质彬彬的，不像是坏孩子，便拿着风筝想逗逗他。员外说："我出个对子，你要是能对上，就还你这风筝。"李东阳点头同意了，墙外的小伙伴们怕李东阳出事，都爬到墙头往里看，一看没事，就都翻墙跳进来。员外就以此为题，对李东阳说：

"童子六七人，独汝狡！"

李东阳看了员外的气派，觉得员外一定有两千石的俸禄，就对了个缺尾巴的下联：

"员外二千石，唯公——"

他故意不把最后一字说出，"唯公——唯公——"地拉着长音，调皮地与员外周旋。员外以为他对不上，得意地笑了："唯公什么，对不上了吧？"李东阳说："这最后一个字，我早就想到了，但我不说。"员外不懂什么意思，问他："这是为什么呀？"李东阳说："你如果还我风筝，就是'唯公廉'，如不还我，就是'唯公贪'。"这员外一听，哈哈大笑，他可不会为了个风筝，落得个贪名，忙把风筝还给了李东阳。

对联多体现撰联者的生活阅历、知识见解和人生智慧，而在现场即兴对对联时，更可见对对联人的水平和智慧。尤其遇到出联者戏谑刁难时，如何对上工整的下联得以脱困，非常考验对对联人的水准和心态。下面故事中的对对联人或是不入此瓮，将计就计；或是如法炮制，反唇相"讥"。

小 试 身 手

小孩回对反难乾隆

传说，清代乾隆皇帝喜欢游山玩水，又很擅长诗文，到哪儿都爱撰联题词。有一次乾隆皇帝微服私访下江南，走到一个地方，见一户农家正在办喜事，便想看看乡俗。他灵机一动，叫侍从拿出三个铜钱，又写了一个单联一起送去，作为贺礼。联句是：

三个铜钱贺礼，嫌少勿收，收则爱财。

这下，农家主人可为难了，收也不是，不收也不是，埋怨这个不速之客不该这样为难人。正巧，农家主人的小儿子看见了，就跟他说要写联应对。农家主人心想，十岁孩子懂什么，还要对对子？正在左右为难时，小孩挥笔写下了下联：

两间茅屋待客，怕穷莫＿＿＿＿＿＿，＿＿＿＿＿＿者好吃！

乾隆皇帝看到回句既工整，又有分寸，表现了农家人待客的诚恳朴实。不过，自己反倒为难了，留也留不得，走也走不得。好在他没穿龙袍，也不怕失了身份，就以会会写对联人为借口，还是进去了。

请你在空格里填上适当的字。

第五章 联述人生百态

129

虾子与蛙儿

高则诚是元末明初时的戏曲作家。他从小就聪颖不凡，人们都很喜欢他。他六七岁时，就会作联作诗。

有一天，他从学馆里回来，遇上一位在当地很有名望的尚书大人出门送客。尚书大人特别喜欢小孩，尤其是有才有智的孩子。他看见高则诚身穿着绿袄，很有才气，就想逗逗这孩子。尚书大人说：

"出水蛙儿穿绿袄，美目盼兮。"

"美目盼兮"出自《诗经·卫风·硕人》，形容眼睛明亮美丽。高则诚一听，明白尚书大人拿自己衣服说事呢！一抬头，看见尚书大人身穿一件红袍，送客人时不断地给客人行礼的样子，便随口而出：

"＿＿＿＿＿着红袍，鞠躬如也。"

高则诚说完，才想到自己将尚书大人比作的这个东西不太礼貌，赶忙上前躬身施礼道歉。尚书大人见这孩子出口就成对，且把自己送客的神态、穿的衣服都生动地描绘出来，不但没生气，还称赞了高则诚一番。

你知道高则诚对句的前四个字是什么吗？请在空白处写出来。

五、联述正气

趣 味 故 事

"扬州八怪"之郑板桥

郑板桥是"扬州八怪"的主要代表，是著名的书画家和文学家。以诗、书、画"三绝"闻名于世。他作了很多对联，体现了其一身正气。

（一）"自画像"联

郑板桥一位好友笑着对他说："您才思敏捷，出口成对，为自己写一副对联吧。"郑板桥并不以为是玩笑，并且当即就写下：

虚心竹有低头叶，傲骨梅无仰面花。

这副联语是他做人的准则，也可以说是郑板桥的自画像。他对艺术精益求精，一丝不苟，总愿意虚心求教于别人。在官场上不逢迎拍马，不随波逐流，关心民众，刚正不阿，清正廉洁。

（二）书斋联

郑板桥之所以能达到诗、书、画"三绝"的境界，是因为他孜孜不倦地追求艺术。他挂在书斋的对联，是他对艺术正气追求的高度概括。联曰：

删繁就简三秋树，领异标新二月花。

此联讲的是艺术创作规律。上联主张以最简练的笔墨表现最丰富的内容，以少许胜多许。譬如，画兰竹应删繁就简，使其如三秋之树，瘦劲秀挺，没有细枝密叶。下联主张要"自出手眼，自树脊骨"，不可赶浪头，趋风气，必须自辟新路，似二月春花，一花引来百花开，生机勃勃。作者巧用成语"删繁就简"，概括了个别规律，用"领异标新"概括了一般规律，言简意赅。用"三秋树""二月花"两个比喻加以形象化，不但予人以思想启迪，又给人以美的享受，意趣盎然，见解精妙，很有魅力。

（三）衙门联

郑板桥到山东潍县上任那天，潍县城内张灯结彩，鞭炮齐鸣，迎接新任县官的到来。可是郑板桥来到衙门前却没有进门，而是吩咐手下在墙上凿洞。一会儿工夫，墙上凿了十个铜盆大的洞，从外面能看到里面。这时，有个人问道："大人，好好的墙壁，为什么凿这么多窟窿？"郑板桥笑道："我听说从前一些官吏，敲诈勒索百姓，弄得百姓叫苦连天。我要把留在衙门里的那种腐败官气放掉，所以要凿些窟窿，透一透气！"凿好窟窿之后，他立即命人写了一张告示和一副对联贴到衙门口。

告示说："本官日夜受理状子"。对联曰：

黑漆衙门八字开，有钱没理莫进来。

于是，喊冤的、告状的百姓络绎不绝。郑板桥判案公正，百姓叫他青天大老爷。

知 识 点 击

像郑板桥这样撰写对联贴在衙门口的，在古时比较流行。据史料记载，古代为官没有施政演说，大约从宋代开始，为官者便在官署衙门撰题"官联"，以此表明自己的官德、政愿、志趣、官风等，或者说是为官之道。品读这些对联，正气清风拂面来！赏心悦目！

比如，嘉靖年间参议钱藩司撰联：

要一文，不值一文，难欺吏卒；宽一分，民爱一分，见佑鬼神。

上联直刺那些贪官污吏，下联则说明官爱民与民爱官的关系。

又比如，清代诗人余小霞任三防主簿时的署联：

与百姓有缘，才来斯地；期寸心无愧，不鄙斯民。

后来余小霞为桂林知府写的仪门对联也很有名，即：

此是公门，裹足莫干三尺法；我无私谒，盟心只凛一条冰。

那些想徇私舞弊的人见此对联，免不了要心寒腿软；那些百姓见此正气对联，也必是拍手称赞。

小 试 身 手

桃李门

清代学者彭文勤，少年时不贪恋风花雪月，立志读书向上，曾在书房里题了一副对联：

何物动人，二月杏花八月木；有谁催我，三更灯火五更鸡。

有志者事竟成。彭文勤刻苦用功，终学有成就，赴京考试名列前茅，被派到浙江去当考官。他的官邸仪门内外都栽有桃树和李树，牌楼门额取名为"桃李门"。他有感于眼前的情景，提笔写了一副对联：

天地自成文，湖山有美；国家期得士，桃李无言。

这两副对联分别写出了彭文勤什么样的政愿、志趣、官风？

_____

_____

六、联述谦逊

趣◆味◆故◆事

苏东坡改联励志

苏东坡是北宋时期的文学家、书画家，他少年时就博览群书、才智过人，加上其父苏洵的悉心调教，年少的苏东坡早早就名声在外。常言道："人不轻狂枉少年。"随着名声越来越大，苏东坡自然渐生傲气。于是，有一年，他就写了一副对联：

识遍天下字，读尽人间书。

苏东坡颇为自得，并将其张贴于自家门前。

苏府大门前，自然是人来人往，络绎不绝。这不，刚好有个白发老者路过，上前细瞧，字写得颇为飘逸，但内容却让老者皱了皱眉头，他觉得苏东坡的海口夸得太大了。

过了两天，这位老者再次来到苏府，言明来向苏东坡讨教，苏东坡听说有人要向自己讨教，心中十分得意。老者说自己近期在读一本书，想请苏东坡指点指点。苏东坡打开老者递来的书，居然很多字都不认识，一下子就傻眼了。苏东坡也非常诚实，他如实回答了老者。老者哈哈大笑，说："苏公子，你不是说自己'识遍天下字，读尽人间书'吗？这区区一本书就难倒你啦？"说罢，拿回书本，头也不回地就走了。

苏东坡杵在那里，思前想后，惭愧不已。经过这事，他知道了这世上还有很多他不会的知识，学无止境，万不可骄傲自满、狂妄自大。于是，他提笔来到大门前，分别在上联和下联的开头补上两个字，对联就成了：

发愤识遍天下字，立志读尽人间书。

经过这么一修改，这副对联狂傲之气全无，成了谦逊有志的对联。后来的苏东坡更是朝这个方向努力，一生在诗词、文章、书画等方面取得了辉煌的成就。更为重要的是，豁达与乐观伴随他的一生。苏东坡，便成为宋代文学史上一座不朽的丰碑！

◆ 知 ◆ 识 ◆ 点 ◆ 击

陈毅在其诗《七古·手莫伸》中说：九牛一毫莫自夸，骄傲自满必翻车。历鉴古今多少事，成由谦逊败由奢。

这句话强调了谦逊的重要性和必要性，告诫我们要保持谦逊。人们称谦逊为一切美德的皇冠，因为它将自觉的纪律、天职、义务，以及意志的自由和谐地融会到一起。我们每个人都要善于正确看待自己的优缺点。一个人无论取得了多大的成就都不应该骄傲，你能做到的，别人也能做到，甚至做得更好；你能想到的，一定也有人想到了，甚至比你想得更完美深远。俗话说"天外有天，人外有人"，你的见解有时候不过是大众心照不宣的共识，你做成的事情可能对别人来说不过是举手之劳。

谦虚是最重要的人格要素，一个人要学会谦虚，一旦傲慢必定遭人唾弃。自古以来，很多文人雅士会在对联中展现谦逊的人生态度，用以自励、自勉。如冰心的书斋内挂着一副对联：

知足知不足，有为有弗为。

入木三分

有一次，郑板桥把自己写的一些诗作送给朋友看，并附了一首诗，诗中写道："我诗无部曲，弥漫列卒伍；顽石乱木根，凭君施巨斧。"他要求他的朋友用巨斧来砍削他诗中的"顽石乱木"。郑板桥特别珍视别人的批评意见，他曾写过一副对联：

隔靴搔痒_____何益，

入木三分_____亦精。

他认为那种一味地捧场没有益处，而实事求是、中肯直率的批评却很可贵。鲁迅对这副对联极为赞赏，曾特地手书此联赠日本汉学家增田涉。

郑板桥的这副对联中的空格处，你觉得填上哪一对反义词才精妙？

_____

_____

七、联述闲适

湖光月色两相和

一个晴朗的秋日，郑板桥租了一叶扁舟，到兴化北乡去。船行到中堡湖时，已经是晚霞绚丽、夕阳西下的时候了，船家在船后摇橹，小船悠悠地荡行着，郑板桥端坐船头，观赏着湖光山色。举目湖心，艘艘渔船上升起了袅袅轻烟；侧耳湖滩，只只菱舟上传来了阵阵渔歌。

天渐渐地黑了，郑板桥正待回舱时，忽觉眼前一亮，但见半轮上弦月从湖面跃了出来，皎洁的月光映着那微波细浪，像满湖的碎银在闪光，好一幅"湖光月色图"呵！郑板桥脱口吟出一句：

"半湾活水千江月。"

上联吟罢，郑板桥正在沉思下联时，天色陡然变了。不知从何处刮来了一阵狂风，平静的湖面顿时掀起波浪，小船被打翻，人被抛在水中。正在危急之时，附近几只小船赶忙拢来。渔民们从水中救起了郑板桥和船家，并热情地请他们到庄上换衣服、用晚饭。席间，渔民们告诉郑板桥："这里湖岸上产稻麦果蔬，湖中出鱼虾菱藕，还产一种大蚌，里面还经常采到绿豆大的珍珠呢！"听着听着，郑板桥沉浸在渔家的欢乐之中，被这淳朴的乡风所感染，一身轻松欢愉，灵感顿时涌出：这里一滴水、一粒砂，再渺小的人和物不都是宝吗？真是"一粒沉砂万斛珠"啊！

临别时，渔民朋友请他写几个字，郑板桥欣然提笔，一挥而就：

半湾活水千江月，

一粒沉砂万斛珠。

郑板桥走后，当地渔民请石匠把他的手迹镌刻在一块石碑上，以资纪念。

知 识 点 击

宋朝文学家范仲淹在其著作《岳阳楼记》中说："不以物喜，不以己悲。"意思就是不因外物的好坏和自己的得失而或喜或悲。

中国的传统儒家士大夫思想，讲究淡然平静的心态。不以物喜、不以己悲是一种思想境界，也是古代修身的要求。即无论外界或自我有何种起伏喜悲，都要保持一种豁达淡然的心态，少一份悲喜得失，多一份淡然闲适。

宋朝无门慧开禅师在其诗中说："春有百花秋有月，夏有凉风冬有雪。若无闲事挂心头，便是人间好时节。"意思是一年四季，每个季节都有每个季节的美，如果没有闲事烦心、没有忧思悲恐惊缠绕心田，那么每年每季每天都将是人间最好的时节。

"宠辱不惊，看庭前花开花落；去留无意，望天外云卷云舒。"《菜根谭》中的这副对联是希望我们少一些无奈与感慨，多一份从容和淡然。把心放平，生活就是一泓平静的水；把心放轻，人生就是一朵自在的云。

郑板桥六十岁寿诞时，为自己撰写了一副寿联：

常如作客，何问康宁，但使囊有余钱，瓮有余酿，釜有余粮，取数叶赏心旧纸，放浪吟哦，兴要阔，皮要顽，五官灵动胜千官，过到六旬犹少；

定欲成仙，空生烦恼，只令耳无俗声，眼无俗物，胸无俗事，将几枝随意新花，纵横穿插，睡得迟，起得早，一日清闲似两日，算来百岁已多。

上联主要说人生短暂，不必奢求富贵，只要能无拘无束地活着，到了六十岁也会像少年一般；下联主要说人生在世，不必空生烦恼，只要能认真度过每一天，活到六十岁比活到一百岁还充实。联语把蔑视流俗的高洁品格、无拘无束的自由天性和知足常乐的生活态度表现得淋漓尽致。

看似平淡的语句，却阐述出深刻的人生道理；工整的对仗、巧妙的构思，增加了寿联的艺术美感。这样的寿联可以说是佳作中的佳作、上品中的上品。

小 试 身 手

无火起尘烟

明代有一个著名的文人叫王汝玉，参加预修《永乐大典》。他从小就很喜欢文学，聪明机敏。七岁那年冬天，他随父亲观赏雪后的景色。大雪过后，天空中升起了太阳，太阳暖洋洋的，把屋顶上的雪都晒化了，雪水顺着屋檐滴滴答答地往下流。王汝玉的父亲指着屋檐出了一句上联让他对：

"日晒雪消，檐滴无云之雨！"

这个上联有些刁钻！王汝玉想了想，对道：

"风吹尘起，地生不火之烟！"

是啊，这风吹起的尘土，不就像不生火的烟吗？父亲看到儿子性情平和，面对刁钻的问题从容淡然，对得既工整又巧妙，心里特别高兴。

你能不能再试着对一个下联呢？

_____

_____

_____

八、联述清廉

趣 味 故 事

王尔烈两袖清风

清朝翰林王尔烈，字君武，号遥峰，工诗善文，奉天府辽阳人，是闻名遐迩的辽东才子，参与编纂《四库全书》，奉旨赴千叟宴，并以大理寺少卿荣归故里。

有一年，王尔烈从江南主考回来，那时，嘉庆登极继位，召见王尔烈说："老爱卿，家境如何呀？"王尔烈回答："臣家里依然是几间草房，半藏农器半藏书；几亩薄田，一望春风一望雨啊！"嘉庆说："老爱卿为官清廉，朕是知道的。这么办吧，你别在京城呆着啦，去安徽铜山那儿铸钱吧！"

当时的铸钱业可是一个"肥缺"。嘉庆的目的很明确，就是想改善王尔烈的生活水平。

王尔烈在铜山待了三年，又回到京城。嘉庆见王尔烈回来就问："老爱卿，这回足以度余年了吧？"王尔烈一听就笑了，说："臣仍旧是两袖清风，一无所存。"嘉庆摇摇头说："老爱卿，此言未必是真吧？"王尔烈这才回手一掏，从套袖里甩出三个铜大钱，一个是"当十钱"，一个是"五铢钱"，一个是"嘉庆同宝"，三个铜钱磨得溜光锃亮。因为这三个铜钱是王尔烈掌管铸钱炉的时候用的钱样子，每天拿它去检查质量，老攥在手里，所以三个铜大钱磨得溜光锃亮。嘉庆一看，连连点头称赞，说："老爱卿如此清廉，真可谓'老实王'也。"就这样，嘉庆封王尔烈为"老实王"。有人给他送了副对联：

双肩明月，两袖清风。

这时候王尔烈已是年逾花甲，嘉庆派人去辽阳给他修盖了一座御赐翰林府。王尔烈回到家一看，是前层院十间，后层院十间，东西两厢配房。面对这座御赐"豪宅"，王尔烈并无贪心，将宅院的前十间当作"义学馆"，作为自己开办私塾的场所，真可谓是"老实王"也。

知识点击

古代清廉对联佳作甚多，有的是对清官的褒扬，有的是为官贤者创作和留下的精品，有的是后人对清廉者的赞赏，都是对联文化的艺术瑰宝。

南宋余玠，曾任四川安抚制置使，兼有军政大权。他到任后，就在行署大门自题对联：

一柱擎天头势重，十年踏地脚跟牢。

这副对联，相当于一篇简洁明了的"就职演说"，既强调为官一任非同儿戏，又表明他肩负重任、脚踏实地，以十年为期，治安全蜀的决心。

明代况钟，任苏州知府十三年，勤于吏治，廉洁奉公。他死于苏州任上，归葬靖安故里。后人为了纪念他，在其墓后的清风亭上镌刻了一副对联：

一肩行李，试问封建官场有几；两袖清风，且看苏州太守如何。

此联朴实无华，极其契合亭名"清风"二字，表明了况钟清正廉明的品德，并劝诫后来为官的人们廉洁奉公。

清代余云焕撰写了衙府大堂联：

不要百姓半文钱，原非异事；但问一官二千石，所造何功。

此联告诫官吏清正廉洁非异事，责问官吏自身俸禄从何来？看似平常，却颇具深意。

小 试 身 手

"山珍海味"

传说明代有个杨翰林，看厌了宦海沉浮，辞官回到老家，过起隐居生活。偏偏朝廷非要他出山做官不可，于是，派一员钦差大臣专程来召他回京。杨翰林并未因朝廷的"器重"而动心，婉言谢绝。钦差大惑不解，问道："翰林不去享受荣华富贵，偏要做山野村夫，这穷乡僻壤究竟有什么值得贪恋的呢？"杨翰林笑而不答，取过纸笔，写了一副对联：

日吞夹金绞银饭，夜饮龙须虎眼汤。

钦差看了，心里不大痛快，说："原来你整天吃山珍海味，难怪不愿做官呢！既然有这么好吃的东西，怎么不招待我呢？"

杨翰林说："既然大人想吃，我当亲自下厨房去做。"过了一会儿，杨翰林端出一碗饭、一碗汤，说："这就是我对联中所写的山珍海味，大人请吧！"钦差大臣一看这两碗食物，如此简陋，再想想那副对联，原来这么回事！十分尴尬，勉强吃了几口，寒暄两句，赶紧回京复命去了。

读完故事，你觉得杨翰林端出的是什么饭和什么汤呢？

_____

_____

_____

九、联述戏谑

趣 味 故 事

苏东坡与佛印戏谑妙对

据说，苏东坡在瓜州任职的时候，与一江之隔的金山寺的住持佛印禅师交往笃深，他们常在一起谈禅论道。

有一次，苏东坡与佛印一同乘船游览扬州瘦西湖。船到湖心，佛印突然将一把题有苏东坡诗句的扇子扔到了水里，同时大声说道："水流东坡诗（尸）。"苏东坡先是愣了一下，随即明白过来，抬头看见湖边一只狗正咬着一块骨头，脱口而出："狗啃河上（和尚）骨。"两人对视，哈哈大笑。

有一日，苏东坡觉得自己修禅有成、有所觉悟，于是作诗一首："稽首天中天，毫光照大千。八风吹不动，端坐紫金莲。"

诗完成后，他自我陶醉了半天，又派遣书童乘船过江，将诗送给佛印欣赏。佛印拿到诗稿，看了看，随即拿起笔来，写了"放屁"两个字，让书童带回。苏东坡本以为会得到一番称赞，一看却是这样的评价，不禁大怒。

苏东坡连夜渡江讨个说法。待到金山寺下，佛印却闭门不出，只留给苏东坡一张纸条，上面写着一副对联："八风吹不动，一屁过江来。"

面对这一戏谑，苏东坡方才恍然大悟，当即下定决心，从今以后要将所有理解的佛法，在日常生活里实行起来。同时，他又深深地感激佛印禅师给他的启示，他觉得有这样的一位净友，实是人生的大幸！从此，他对佛印禅师更加心悦诚服了。

知 识 点 击

戏谑对联，就是以诙谐的对联开玩笑。互相友好地嘲弄，互相开玩笑，这也是增进友情、亲情的一种方式。

传说苏东坡有一个妹妹，绝顶聪明，常被人称为"苏小妹"。

有一次，苏东坡邀请好久没见面的黄庭坚来做客，并亲自出门迎接。苏小妹看到哥哥高兴的样子，便出对戏道："阿兄门外邀双月。""双月"合为"朋"字，意思是哥哥出门迎接好朋友。

苏东坡回头一看，恰见苏小妹正坐在窗边捉虱子，当即笑而应对："小妹窗前捉半风。""风"的繁体字正是"風"，"半风"即"虱"，意思是说小妹在窗前捉虱子。苏小妹心想，哥哥真坏！嗔怪一声走了。

在人际交往中，我们经常能遇到趾高气扬的人，他们说起话来咄咄逼人，好像自己无所不知、无所不能，对别人不怀好意。用对联的形式，以其人之道还其人之身，进行反击，又不至于撕破脸皮。与讽刺对联相比，戏谑对联更多了几分幽默和风趣。

小 试 身 手

李白巧戏胡乡绅

715年的春天，当时只有14岁的李白已名震南浦（今四川万县）全城。城里有个姓胡的乡绅不学无术，却极喜欢附庸风雅，常常胡诌几句歪诗打肿脸充胖子，俗不可耐。胡乡绅五十大寿之日，宴请全城富户名流，还特意邀请"神童"李白赴宴。酒过三巡，胡乡绅虚情假意地对李白说："久闻神童才华横溢，老夫有一上联，却苦于没有下联，今特请玉成足对。"说着，摇头晃脑念道：

"梁山栽大竹，无须淋水。"

这上联看似平常，其实却很不简单，它利用谐音手法，嵌入了梁山（今梁平）、大竹、邻（淋）水三个县名。胡乡绅自以为这上联是"绝对"，哪知李白想都没多想，随口答对道：

"南浦人长寿，何惧丰都。"

这下联巧嵌南浦、长寿、丰都三个县名为对。众人听了，频频点头称道。胡乡绅见无可挑剔，只好默不作声。

过了一会，胡乡绅想寻机讽刺李白喜好喝酒，便指着墙上挂的一幅画让众人看。画上有一位老神仙，怀抱一只大酒坛，睡在岩石上，不知是喝醉了还是睡着了，坛口朝下，酒顺着坛口往下流。胡乡绅便以此为题，装腔作势地吟上联道：

"酉卒醉，目垂睡，老神仙怀抱酒坛枕上偎，不知是醉还是睡？"

众人一听，不由暗暗替李白担心。因为这上联紧切画题，巧用析字手法，将"醉"字析为"酉""卒"二字，将"睡"字析为"目""垂"二字，且在联句中提出问题，要求回答。可李白却镇定自若，指着肥胖如猪的胡乡绅答对道：

"月半胖，月长胀，胡乡绅挺起大肚堂中站，不知是胖还是胀？"

众人听罢，再细看胡乡绅的长相和模样，禁不住捧腹大笑。胡乡绅脸上红一块、白一块，可又不便发作，只好强压怒气。

你觉得李白的戏谑回对妙在何处？

_____

_____

十、联述讽刺

解缙机智反讽

明代江西吉水出了一个著名学者，名叫解缙。他通晓琴棋书画，谙熟诗词曲赋，才思敏捷，出口成章，幽默风趣，尤其善对对联，留下了许多佳话。

解缙年少时，名声就传遍了吉水一带。吉水有位赋闲在家的尚书，听说解缙对对联好生了得，却不相信，便派人请来解缙，准备出几个上联要他答对，想让他当众出丑。

尚书派人请来解缙，却不让他从大门进府，只开了一扇低矮小门。解缙拒而不入。尚书闻讯后走出府门，吟出上联："小犬无知嫌路窄。"

解缙昂首挺胸，应声对答下联："大鹏展翅恨天低。"

不卑不亢，更显格调。尚书只好命下人打开正门，请解缙进来。走进客厅，刚一落座，尚书就吟出一上联："天作棋盘星作子，谁人能下？"

解缙应声对答下联："地为琵琶路为弦，哪个敢弹？"

尚书见没找着便宜，十分不快，但强作镇静，又出了一上联："二猿断木深山中，小猴子也敢对锯（句）？"

解缙毫不客气，立即反击："一马陷足污泥内，老畜生怎能出蹄（题）"

话语一出，在座的人无不掩面而笑，唯有尚书张口结舌，满面羞愧，只好借口身体不适而退。

吉水还有位颇出名的秀才，人称红秀才，听说解缙精通诗词属对，很想与他比试比试。一天，红秀才找到解缙说："我昨天去亲戚家做客，先乘牛车，后乘驴子，最后乘马，还是马跑得快；来到主人门前，马一叫，鸡鸭受惊乱飞，被天空中的老鹰抓去一只。于是我想到一副对联，特写出来，向世兄请教。"对联是：

牛跑、驴跑，跑不过马；

鸡飞、鸭飞，飞不过鹰。

解缙一看就知道：这上联隐含着红秀才文思敏捷，行文来得快的意思；这下联暗喻红秀才是老鹰，是会抓小鸡的，意思是要把解缙当作小鸡一样抓住。解缙治学严谨，向来看不惯那些无真才实学却又喜欢卖弄才华的人，他哈哈一笑说："我也送先生一副对联。"于是提笔写道：

墙上芦苇，头重脚轻根底浅；

山间竹笋，嘴尖皮厚腹中空。

红秀才看罢，顿感羞愧，可又无言以对，拂袖而去。

知 识 点 击

讽刺对联是对联的一种，主要用于讽刺丑恶事物、揭露社会黑暗面、谴责反动统治。借助对联，可起到其他文体难以起到的作用。

中国文人每遇不平之事则会以文字作为宣泄的途径，而对联结构工整、朗朗上口、传诵方便，自然成为最佳的文字宣泄途径。因此中国对联文化里，讽刺联占有相当重要的地位。

讽刺对联，可以淋漓地嬉笑怒骂，也可以文雅地批评嘲讽。往往讽刺中含幽默，幽默中又夹讽刺，含蓄深刻，又一针见血。围观者忍俊不禁，被讽者如骨鲠在喉、如芒刺在背。

民国初年，各地大小军阀为掠夺更多钱财充作军费，就以各种千奇百怪的名目征收苛捐杂税，四川军阀杨森就想出了一个新颖的税种——粪捐。成都一位正义诗人刘师亮听说以后，就写了一副对联加以嘲讽。全联如下：

上联：自古未闻粪有税

下联：如今只剩屁无捐

横批：民国万岁（税）

围观群众无不拍手叫好！

纪晓岚题联讽庸医

清朝时，有个庸医曾来纪晓岚家给病人看病，没治好病人。他还想求纪晓岚题副对联来装点门面，又怕讨个没趣，便托人去求。纪晓岚一打听，才知道他是庸医，有时误诊，有时错开药，导致轻者病情加剧、重者丢了性命。纪晓岚想，连他这样的官宦人家都被坑害，何况老百姓。他本就对庸医恨之入骨，未加思索，便写下一副对联：

不明财主弃，多故病人疏。

原来，唐朝孟浩然有两句诗："不才明主弃，多病故人疏。"意思是没有才学不被明主重用，因为多病致使朋友疏远。纪晓岚把字稍加改动，意思大变，成了一副绝妙讽刺联。

你觉得这副讽刺联是什么意思呢？

_____

_____

十一、联述幽默

周渔璜"酒醉酒醉"对"谷多谷多"

清朝有一位大才子，名叫周渔璜。他不仅擅长撰写优美的文章，还善于吟诗作赋。他的反应极其敏捷，在对联的造诣上堪称一流，留下了许多脍炙人口的对联故事。周渔璜才华横溢，让人们赞叹不已。

有一天，周渔璜陪他的老师在庭院中漫步，突然听到鸡舍里的母鸡连叫两声："谷多谷多。"老师和周渔璜随即走到近前，看见母鸡叫完之后，产下一个鸡蛋。老师灵光一闪，即兴创作了一个上联："母鸡下蛋，谷多谷多，只有一个。"

他询问自己的得意门生周渔璜，能否想到一个合适的下联与之相对。老师出的上联为"拟声联"，将母鸡的叫声引入对联之中，这种对联暗藏玄机，非常考验真才实学。周渔璜从容不迫，环顾四周，发现树上有几只小鸟正在欢快地鸣叫，声音婉转动听，顿时灵感迸发，指着枝头的小鸟，道："小鸟上树，酒醉酒醉，并无半杯。"

老师捻着胡须，哈哈大笑，非常满意，又惬意地问道："林中无酒，雀子如何歌酒醉？"显然，老师又出了个上联，他针对周渔璜的下联发问，意指树林中没有美酒，小鸟为何会说酒醉呢？

周渔璜才思敏捷，反应超群，立即回答："家里有米，母鸡因此叫谷多！"老师听到周渔璜的作答，幽默风趣，又信手拈来，十分高兴，连连称赞："对得妙，对得妙！"

知 识 点 击

古往今来，对联雅俗共赏，不仅充满了韵律，还充满了趣味；不仅在民间流传广泛，而且一直备受文人推崇。谈起对联，我们的脑海里就会浮现出一幅幅文人墨客边喝酒赏花，边互出对联，比拼才智的画面。当真是诗酒趁年华，红尘尽潇洒。

千百年来流传下来许多幽默风趣的对联，不仅立意精巧，还令人忍俊不禁，甚至发人深思。

有的幽默对联妙用双关，令人拍案叫绝！

明朝李东阳，官至大学士，按当时的习惯，人们称他为李阁老。有年春天，十多位新进士去他家作客，有位进士行礼时，称他"阁下李先生"。李东阳听了微微一笑。大家落座以后，李东阳说："我有个出句，请对个下句。"他的出句是：庭前花始放。

几个人你看我、我看你，不明白为什么让他们对这么简单的句子，便谁也不敢贸然答对了。李东阳笑了："怎么都不说话？这对句是现成的，刚才不是有人说了吗？"刚才说什么？噢！原来是——阁下李先生。

众人赶忙站起连说："阁下高明！阁下高明！"高明在什么地方呢？这时的"阁下李先生"已经不是称呼人的意思了，而是与"庭前花始放"相对应的一种景象。"阁下"，就是楼阁下，与"庭前"对仗；"李"，是李子，一种树上结的果实，与"花"对仗；"先生"，是最先生长出来，与"始放"对仗。这就是字面对仗所产生的双关效果。

还有的对联利用析字、嵌字、谐音、比喻、拟人等方式达到幽默风趣的效果。

小 试 身 手

明代冯梦龙《古今谭概》中记载：某书生家贫，无酒为友祝寿，遂持水一杯，谓友人曰："君子之交淡如。"友人知其意，应声曰："醉翁之意不在。"这一问一答恰好构成一副对联：

君子之交淡如，

醉翁之意不在。

这副对联幽默在隐字表情谊上，上联出自《庄子·山水》："君子之交淡如水，小人之交甘若醴。"隐去"水"字，表明彼此乃君子之交，又暗示以水代酒致贺，比喻表面不亲密，但感情深厚。下联出自欧阳修《醉翁亭记》："醉翁之意不在酒，在乎山水之间也。"隐去"酒"字，表明自己不在乎是水还是酒。足见朋友之间真挚的友谊和高雅的志趣绝非泛泛的"酒肉"之情可比。

心有灵犀的淳朴友情，尽在对中，令人心醉。

如果这副对联把隐字加上，表达效果上有什么差别呢？请你想一想，写在下面。

十二、联述劝诫

规劝戒烟对联

说起近代中国的屈辱史，必要说到鸦片。晚清时期，国人深受鸦片毒害，民心涣散，国力衰弱。自鸦片烟输入中国以后，鸦片烟馆屡见不鲜，吸食鸦片的人越来越多，上到达官贵人，下到贩夫走卒，吸食鸦片者比比皆是。

许多烟馆为了招揽生意，在烟馆的大门上贴上了各种各样引诱人们吸食鸦片的对联，可谓五花八门。我们可以看其中一副对联，从中窥得那时烟馆的盛况：

含珠银灯通仙域，

卧云香榻吐春风。

凡是吸鸦片烟的人都骨瘦如柴，精神颓废，人不像人，鬼不像鬼；富的吸穷，穷的吸死。鸦片就是这样，不仅摧毁人的肉体，更摧毁人的精神。鸦片成了西方入侵中国最好的敲门砖，也成了荼毒中国人的毒药。

正因如此，有识之士也奋起抗争，以各种手段揭露鸦片的危害，或尖锐直接或语重心长劝诫国人自强不"吸"，这类对联屡见不鲜。

当时，某地流传一副对联：

竹枪一支，杀死英雄不见血；

明灯半盏，烧毁田宅并无灰。

149

上联的"竹枪"指吸食鸦片的烟枪，下联的"明灯"指吸食鸦片的鸦片灯。对联把吸食鸦片导致倾家荡产、要人性命的恶果，揭示得淋漓尽致，语言犀利，劝诫之意尽在其中。

为了劝告吸食鸦片者迷途知返、改邪归正，有人在鸦片烟馆门前贴上了一副发人深省的对联：

因火成烟，若不撇开终是苦；

舍官作馆，入而忘返难为人。

对联以"烟馆"二字冠首，又以"苦人"二字结尾，"若"与"苦"只有一撇之分，"人"与"人"在回返之别，字字入扣，可谓语重心长，用心良苦，苦心劝诫那些吸食鸦片者戒烟。实为一副不可多得的妙联。

知 识 点 击

对联是中国特有的一种文学形式，是中华民族的文化瑰宝，文字简练，内涵深刻。其中内涵是联语的精髓，古时很多对联阐述人生道理、做事原则和处世方法，以劝诫为其重要宗旨，很多优秀联作思想深邃，句句皆金，实为劝诫箴言，如春风润物，又似当头棒喝，常能给人以启迪和警醒，从而引发人们去思考，惕厉因果，时时处处遵守天理、道德和良知！

明朝初年有个大臣叫杨士奇，他为人正直，办事勤恳，历经五朝，位极人臣。他儿子杨稷横行乡里，仗着父亲当官，净干坏事。江苏泰和的老百姓不堪其辱，有人就写了状子直接送到北京。皇帝看了，把状子转给杨士奇。杨士奇气坏了，一连写了好几封信，劝诫儿子改邪归正，别再祸害乡亲。有一次，在信中他还特意写了一副对联，警告儿子：

不畏官司千张纸，

只怕乡民三寸刀。

"三寸刀"指三寸舌，意思是人言可畏：让人告一千张状子都不可怕，可怕的是老百姓整天戳你的脊梁骨。可是，杨稷根本不听父亲的劝告，照旧胡作非为，皇帝下令把杨稷抓起来，关进监狱。杨士奇听说了，又急又愁，忧恨交加，卧床不起。一代名臣最终忧郁而死。杨士奇死后，其子杨稷被绳之以法。

◆ 小 ◆ 试 ◆ 身 ◆ 手 ◆

徐文长作联劝勉后生

明朝中期有一位文人叫徐文长，多才多艺，他曾说："吾书第一、诗二、文三、画四。"而他的画，对后世影响很大。

徐文长晚年时，有一天，到一个学馆去讲学，许多年轻人聚在一起静听他的教诲。他勉励年轻人要珍惜大好时光，勤奋读书。这时学馆主人捧出笔墨，请他为学馆写副对联。徐文长兴趣正浓，便挥笔写出上联："好读书不好读书。"大家看后，面面相觑，不知其意。徐文长将笔蘸饱，一气呵成写出下联："好读书不好读书。"在场的人看了，都不明白这副对联的含义，一个个默不作声，也不好意思追问。

待徐文长走后，这些年轻人七嘴八舌，反复吟读，也没读出个意味来。站在一旁，一直沉思不语的学馆主人，终于悟出了这副对联的奥妙：告诫年轻人珍惜时光，刻苦读书。

这副对联该怎么读？怎么断句？究竟表达什么意思呢？请你读一读，想一想，写在下面。

_____

_____

十三、联述怒骂

清末怒骂时政对联

清康熙五十年（1711年），全国最大的科举考场——江南贡院发生了一起震惊朝野的科场舞弊案。江南学子发现，副主考官赵晋受贿十万两文银，出卖举人功名。阅卷官王曰俞、方名合伙作弊，主考官左必蕃知情不报。举子们义愤填膺，把考场匾额上的"贡院"两个字涂写成了"卖完"，又有一群考生将财神庙里的财神像抬到了夫子庙里。不仅如此，还有人在江南贡院贴了一副对联：

左丘明双目无珠，

赵子龙一身是胆。

左丘明就是司马迁所谓"左丘失明，厥有国语"的那位，历史上著名的盲人历史学家，《国语》《左传》的作者。赵子龙则是三国时期的蜀国名将赵云，刘备曾称赞他"一身都是胆"。对联作者借主考官左必蕃之"左"和副主考官赵晋之"赵"做文章，借左、赵二姓历史名人，对主考官、副主考官口诛笔伐，大骂左必蕃有眼无珠，继而又骂赵晋胆大包天，痛加鞭挞科考乱象。

清光绪二十年（1894年），中日甲午战争爆发。最终，清军惨败，北洋水师全军覆没，李鸿章受到"褫去黄马褂"的处分。随后，李鸿章受命前往日本谈判，并与日寇签订了丧权辱国的《马关条约》。《马关条约》一出，举国皆惊，李鸿章备受舆论谴责。当时，扬州苏昆名丑杨鸣玉在演《白蛇传》中"水斗"一场戏时，故意对穿黄色外褂上台的鳖精插科打诨道："娘娘有旨，攻打金山寺，如有退缩，定将黄马褂剥去。"观众心领神会，满堂哄笑。后来，坊间盛传杨鸣玉被李鸿章迫害而死。

有人怒不可遏，写了一副对联大骂李鸿章：

杨三已死无苏丑，

李二先生是汉奸。

杨鸣玉排行第三，故曰"杨三"；李鸿章排行第二，故曰"李二"。此联通络明畅，盛传一时。

慈禧一生两度垂帘听政，时间长达二十多年，同意签订了一大批卖国条约。慈禧死后，谥曰"孝钦慈禧端佑康颐昭豫庄诚寿恭钦献崇熙配天兴圣显皇后"，除去前面"孝钦慈禧"四字、后面"兴圣显皇后"五字，尚余十六字，字数超过满清入关后任何一个皇帝皇后的谥号。

慈禧死后，人们写了副对联给她：

垂帘廿余年，年年割地；

尊号十六字，字字欺天！

此联一针见血，道出了慈禧丧权辱国、自欺欺人的无耻行径。潜台词就是三个字：卖国贼！

◆知◆识◆点◆击◆

骂人是不文明的，视为不雅；对联是"诗中之诗"，视为高雅。但是，当用对联表达愤怒和不满的情绪时，往往会产生神奇的效果。

清末民初大儒王闿运对袁世凯的窃国擅权行为极为愤怒，因而写了一副对联骂他：

民犹是也，国犹是也，何分南北；

总而言之，统而言之，不是东西。

上联嵌入"民国何分南北"讽刺南北分裂，下联嵌入"总统不是东西"讽刺时任总统袁世凯。

看，骂人和对联结合在一起就是这么有趣：雅的时候文采斐然，俗的时候又很可爱。雅俗结合，诙谐搞笑，骂得痛快淋漓，读来令人忍俊不禁，大呼过瘾。作为对联大家族中的重要一员，怒骂的对联自有其赖以生存的现实土壤，也有其逗人发噱、引人共鸣，甚至惹人共愤的独特魅力。虽说出口成"脏"，但又出口成章，战斗力十分强大，它就是对联中的战斗联。

小 试 身 手

门联添字骂叛徒

明清之际有位著名人物洪承畴。他是福建南安人，万历进士，崇祯时任兵部尚书，总督河南、山西、陕西、四川、两湖的军务，深得重用。他自己也感到皇恩浩荡，决定肝脑涂地，报效朝廷。他在自家门上，撰写一副对联：

君恩深似海，

臣节重如山。

由此更得到朝廷的信任，崇祯十四年（1641年），他率八总兵，统辖13万人，与清军大战松山而兵败。第二年，松山陷落，洪承畴被俘至沈阳，后来降清，成为清朝首位汉人大学士。洪承畴以谋略闻名，为清朝献计甚多，是清朝统一天下的重臣之一。有人十分鄙夷洪承畴，在他家门上下联分别添了"矣""乎"二字，这副对联立刻变成骂人的对联：

君恩深似海矣，

臣节重如山乎。

你觉得这副对联该用什么语气读？表达了怎样的意思？请你读一读，想一想，写在下面。

_____

_____

_____

十四、联述感恩

"别墅"里的对联

雨后初晴，记者走进甘孜县吉绒隆沟易地扶贫搬迁集中安置点，映入眼帘的是一个美丽的现代化新农村：一幢幢公寓式房屋错落有致，一条条宽阔的马路干净整洁，一面面五星红旗迎风飘扬。

搬迁户迷峰的小院干净整洁，大门两侧张贴着一副对联，格外引人注目。上联是"安家感恩共产党"，下联是"幸福不忘习主席"，横批是"党恩大于天"，对联的作者正是迷峰本人。

今年62岁的迷峰是河南南阳人，1982年到甘孜县打工，在这里结识了妻子，日子原本过得和和美美。谁料到，1998年在西藏江达县经营小卖部的迷峰突然中风，给这个幸福美满的家庭笼上了一层阴影。

"家里突然出现变故，还好有党和政府的帮助，"迷峰说，"因为自己看病，加之两个儿子读书，家里入不敷出，更是居无定所。通过县、乡、村三级干部的共同努力，我们一家四口于2014年被识别为建档立卡贫困户，2018年分到这套'别墅'。住红瓦房，走水泥路，喝干净水，上卫生厕，如今我们也享受起城里人的生活了。"

说起党的惠民政策，迷峰感触颇深。他扳起手指，给记者算了一笔账：这套100平方米的房子，国家投入23万元，他家只出了不到1万元，每月有1500多元务工收入、1000多元的低保金和养老金，还有村里2000多元集体经济分红。现在，迷峰全家年收入达到3万元，人均收入7000多元，已经摘掉了贫困户的帽子。

像迷峰一样，甘孜县有195户贫困户、811名贫困人口都住进了吉绒隆沟易地扶贫搬迁集中安置点。安置点采取"入股分红+旅游服务"

方式，鼓励集体牧场出栏，集体牧场年底可实现利润分红2000元以上；同时提供给每户5000元产业周转金，用于康北果蔬批发市场入股或购买牦牛、农机具等发展生产，实现稳定增收。

"日子一天比一天好，我们不能忘记党恩啊！"指着家里的对联，迷峰开心地说。

《光明日报》2020年7月26日第9版

知 识 点 击

中华民族自古以来就是一个懂得感恩的民族，从"羔羊跪乳""乌鸦反哺"等成语中，从"谁言寸草心，报得三春晖"等诗句中，从"滴水之恩，涌泉相报"等俗语中可见一斑。我们经常借用对联感恩亲人、老师、学校、中国共产党、社会等。比如感恩父母的对联——知养育之艰辛，当发奋以自强；比如感恩老师的对联——一片丹心随世古，千声赞语颂师恩；比如感恩社会的对联——手牵手感恩社会，心连心构建和谐。

小 试 身 手

著名楹联家撰联感恩 袁隆平院士高兴接"礼"

8月4日下午，烈日炎炎，气温高达35摄氏度，地表温度40多摄氏度。袁隆平院士冒着酷暑，来到了王化永超级杂交稻示范基地视察指导攻关工作，袁院士一下车，数百名等待多时的干部群众报以热烈的掌声，欢迎这位85岁高龄的老院士的到来。袁院士到办公室落座后，王化永就向袁院士介绍几位艺术家代表家乡人民准备的一份特殊礼物——一副对联。著名楹联家邹宗德先生向袁隆平院士感恩地说：我代表家乡人民感谢尊贵的袁院士冒着烈日来到我家乡指导工作，特别感恩您培育了杂交水稻，我小时候没饭吃，老是饿肚子，家中粮仓空空，现在托您的福，年年稻谷满仓，所以我们给您作了这副嵌名联，以表达对您的感恩和崇敬之情。对联的意思是说，您老崇高的声誉源自百代千秋的老百姓家家户户粮仓的丰足，您就像千万里平畴的稻花一样郁郁飘香！话音未落，省市县乡领导及央视和省市县媒体记者全场喝彩。袁院士高兴地接受了隆回人民的这一份深情厚谊。

　　据了解，这副对联的撰者和书者都是隆回人。邹宗德是中国楹联学会常务理事兼学术委员会副主任，邵阳市楹联学会会长，"中国联坛十秀"，中国楹联界最高奖——梁章钜奖获得者。联家姜懿洲是邹宗德的助理。书家水南溪是中国当代知名青年书法家、齐白石书画院书法师，隆回县书法家协会主席。三位艺术家受全国劳动模范、杂交水稻高产攻关试验基地负责人王化永之托，怀着隆回人民对袁隆平院士深深的感恩和崇敬之情，连夜赶制了这份文化礼品，敬献给袁隆平院士。

　　此次袁隆平是来羊古坳"检阅"水稻抽穗生长情况和为"超级杂交稻高产示范基地"揭牌的，他看着粗壮禾苗秆上结满八百多粒一穗的穗子，高兴地称赞今年的禾苗金刚不倒，从整体长势看，高产、优质、高抗（抗倒伏），是目前中国长势最好的水稻。

　　湖南省邵阳市隆回县羊古坳乡雷峰村王化永超级杂交稻示范基地赠送给"杂交水稻之父"袁隆平院士的这副对联，表达了示范基地家乡人民对袁隆平院士的崇高敬意：

　　_____誉千秋仓廪足，

　　_____畴万里稻花香。

　　　　华声在线邵阳2015年8月5日讯（通讯员 戴琛），有改动

你能根据这篇报道，把这副嵌名联中的字补上吗？

_____

_____

第五章　联述人生百态

十五、联述世态炎凉

◆ 趣 ◆ 味 ◆ 故 ◆ 事

吕蒙正撰联寄慨

宋太宗即位后所点的第一个状元吕蒙正是河南洛阳人。他历事太宗、真宗两朝，曾三度入相，以忠贞宽厚、正直敢言著称，是宋代最有作为的状元之一。

早年，吕蒙正的生母跟他的父亲不和，他和生母被父亲逐出家门，寄居在龙门山利涉禅寺里。方丈可怜他们母子，又深信吕蒙正绝非久在人下之人，很是关照他们，特地为他们凿了一个石洞藏身。吕蒙正和母亲在这个石洞里一住就是9年。尽管方丈不时接济，他们的生活依然十分贫困，并因此受尽了世人的冷遇。每当衣食不继时，吕蒙正多么盼望除方丈外，再能有人雪中送炭啊！然而始终不可得。

有一天，吕蒙正在伊水岸上步行，见到一个卖瓜的，他也想买一个尝尝，却身无分文。后来卖瓜的挑起担子走时，忽然掉下一个瓜来。吕蒙正犹豫好久，最后还是心情沉重地捡起来吃了。一个胸怀大志的人，到了捡人瓜吃的地步，这使他的自尊心受到了很大的刺激。

太平兴国二年（977年），困顿中的吕蒙正终于熬出头了——状元及第。这时，名有了，利也有了，他的生活迅速富裕起来，不再需要别人的帮助了。可是这时，远的、近的、亲的，甚至是不认识的人，都来锦上添花。好瓜好果吃厌了，仍然有人硬要成箱成篓地送来。他没有被潮水般涌来的吹拍、逢迎所迷惑，相反，及第前后的鲜明对比，使他深切地体味到了世态的炎凉。他对这种趋炎附势的劣根性十分愤慨，曾撰写了一副对联进行辛辣的讽刺：

回忆去岁饥荒，五六七月间，柴米尽焦枯，贫无一寸铁，赊不得，欠不得，虽有近戚远亲，谁肯雪中送炭？

侥幸今朝科举，一二三场内，文章皆合式，中了五经魁，名也香，姓也香，不拘张三李四，都来锦上添花！

横批曰：人贫双月少，衣破半风多；世态炎凉，自古而然。

下联中的"五经魁"，指郡县选拔考试（相当于明清时期的乡试）的第一名；"五经"，即《诗经》《尚书》《礼记》《易经》《春秋》五部古代经典的合称。

横批中的"双月"，即两个"月"字合成"朋"字，说的是人穷了，朋友也少了；而"半风"（"风"字的繁体是"風"），指"風"字少一笔成了"虱"字，说的是衣服破旧，而又无衣可换，因而长满了虱子。

吕蒙正此联，来自切身体会，充满了愤世嫉俗之情，形象地刻画出了那些势利之徒的丑恶嘴脸。全联行文质朴，用词浅近，可谓雅俗共赏的佳作。

知 识 点 击

自古至今，有些人从自身的眼前利益出发，往往崇拜、趋奉成功者，为他们锦上添花，而对那些处境不佳、急需帮助的人却施以冷遇。所谓"穷居闹市无人问，富在深山有远亲""损不足以奉有余，人之道也"，都是对这种现象的概括。

清朝，江西大余有个戴衢亭，自幼勤奋好学，很有才华。只因县官有眼无珠，他参加了数十次考试，一直考到三十多岁，连个秀才也没有考上。一年又逢县考，戴衢亭仍是榜上无名。众童生出于义愤捐助他买了个秀才，才使他取得了乡试的资格。在八十天时间里，他从乡试到京试，从京试到殿试，连中三元。皇帝亲自召见，钦点他为头名状元，戴衢亭得以衣锦还乡。戴衢亭有感于自己赴考的不平道路，为警告那些玩忽职守、埋没人才的官员，在家乡的一座祠堂上题写了一副对联：

三十年前，县考无名，府考无名，道考无名，人眼不开天眼见；

八十日里，乡试第一，京试第一，殿试第一，蓝袍脱下紫袍归。

戴衢亭这个状元，若不是众童生慧眼识才，险险被毁了。那个县官自知失职有罪，暗中挂印逃走了。

小 试 身 手

相传时任杭州通判的苏轼在一次外出游玩时，路经莫干山，并来到一座庙中小憩。庙里主事的老道见他衣着简朴，相貌平常，对他相当冷淡，只是应付地说了声"坐"，又对道童说了声"茶"。

待苏轼坐下，与之交谈后，老道方觉得其才学过人，来历不凡，又把苏轼引至厢房中，客气地说道"请坐"，并对道童说"敬茶"。

经过深入交谈，老道才知道来客是著名的大诗人苏轼，顿时肃然起敬，连忙作揖说道："请上座。"而后把苏轼请进客厅，并吩咐道童："敬香茶。"

苏轼在客厅休息片刻，就起身拜别老道，这时老道急忙请苏东坡为其留下墨宝留念，苏轼淡然一笑，挥笔写道：

坐，请坐，请上座；

_____。

老道看罢，立刻觉得脸上火辣辣的，羞愧不已。

从此以后，这个对联也被后人用来作为警示"势利眼"的典故，并广为流传。

请你根据故事内容和上联，试着在横线上写出下联。

_____

_____

十六、联述人生起伏

周渔璜马三奇打赌

康熙年间，贵州钱粮官劳之辨大人特意请周渔璜为西席，教其子习读。一天，劳大人宴请宾客，贵阳城守备马三奇也在座。马三奇见首席空着，觉得很奇怪。其实，这是劳大人的惯例，每请宾客，首席都要留给西席先生坐。马三奇并不知道，看到周渔璜来后昂然入座，他心中好不舒服，说："一个穷教书的不请自入首席，不自量！"周渔璜看了他一眼说："马大人，像你这样的武夫，十年能当到总镇就算了不起了，可我们读书人则不可限量，十年后中进士，取卿相都有可能啊！"马三奇当然不服气，一定要和周渔璜打赌：如果十年后周渔璜仍在马三奇之下，就为马三奇当一个月的"抄写"；如果马三奇在周渔璜之下，马三奇则为周渔璜守更一夜。于是，二人击掌为定。

康熙五十二年四月，周渔璜升为詹事府詹事。五月，康熙帝命他去江南代表皇帝祭禹陵和明考陵，兼"阅兵江淮，遍行赏赍"。

这次，周渔璜是以钦差大臣的身份出巡江南。五月十六日离开帝都，一路上走了四十多天，闰五月底到达杭州。六月底才到达金陵祭奠明太祖孝陵。祭祀完毕后，他又赴安庆等地检阅江淮一带驻军，犒赏将士。

七月初，周渔璜抵达安庆，全城文武官吏出城十几里迎接，一个个向周渔璜递上手版（名帖）。周渔璜忽见递上来的手版上，总兵的名字叫马三奇，疑心是原贵阳城守备，便马上传见此人。周渔璜一看，此人果然就是原贵阳城守备马三奇，便说："总兵大人可认得我否？"马三奇忙说："下官与钦使大人从未见过一面。"周渔璜笑了笑说："总兵大人为何如此健忘？我乃当年贵阳劳府座上寒儒、西席周起渭也。"马三奇记性也不坏，一听"贵阳劳府座上寒儒"，立即脱下顶子道歉，并请求践行前约。当晚，安庆总兵马三奇亲自提着更锣，为周渔璜打了一夜的更。

第二天清早，周渔璜写了一首诗送给马三奇：

青草池边百万兵，红罗帐内一书生。

而今方信文章贵，卧听元戎报五更。

◆ 知 ◆ 识 ◆ 点 ◆ 击

人生无常，起起伏伏，不能随波逐流，要学会随遇而安。

得到未必幸福，失去也不一定痛苦。人生如行船，风平浪静是有时，波涛汹涌亦有时，以一颗平常心，接受起落浮沉，心胸如大海一样宽阔，像草原一样广袤，又何惧人生风雨兼程，阴晴相伴。达观处变，静待人生起伏；坦然面对，享受人生所有。

安徽省马鞍山市采石矶太白楼上有一联：

荐汾阳再造唐家，并无尺土酬功，只落得采石青山，供当时神仙笑傲；

喜妃子能谗学士，不是七言招怨，怎脱去名缰利锁，让先生诗酒逍遥。

上联"荐汾阳再造唐家"，是指李白当年在长安街头看到郭子仪（字汾阳）被绑赴刑场，便出面相救，并把他推荐给朝廷。后来，郭子仪为唐朝平定安史之乱发挥了重要作用，有"再造唐家"之功。可唐朝对荐贤者李白却"并无尺土酬功"，致使李白最后流落江南，死在采石矶。

下联讲李白才高招怨的故事。唐玄宗与杨贵妃在御花园赏花，命李白填词赋诗助兴。时为翰林学士的李白应命作七言《清平调》三章，脍炙人口的"云想衣裳花想容"就是其中一句。唐玄宗和杨贵妃当时都满心欢喜。后高力士进谗言，说歌词中"可怜飞燕倚新妆"是把杨贵妃比作赵飞燕（注：赵飞燕是汉成帝的皇后，被平帝废为庶人后自杀身死）。因此杨贵妃怨恨李白，在唐玄宗面前进谗言陷害李白，把李白逐出了京城。这对李白来说，是一桩不幸的事情。而联中却说"喜妃子能谗学士"，岂不奇怪？接下来几句笔锋一转，道出缘由：如果李白不被谗言所害，就不会"脱去名缰利锁"，就不可能"诗酒逍遥"成为一代诗仙。

◇ 小 试 身 手 ◇

撇捺人生

有很多人喜欢这副对联，因为它演尽汉字变换，道尽人生真谛。

上联：若不撇开终是苦

下联：各自捺住即成名

横批：撇捺人生

从汉字角度来看，"若"字的撇如果不撇出去就是"苦"字，"各"字的捺笔只有收得住才是"名"字，一撇一捺即"人"字。

从人生哲理来看：世间之事，撇开一些，少些计较，人就不苦了；虚名利益，捺住欲望，知足常乐，才是人生大智慧！

有人说，这副对联还有很多种理解，你是怎么理解的？写在下面。

_____

_____

_____

_____

第六章　联颂名胜古迹

一、联颂名山

趣 味 故 事

山登绝顶我为峰

近代民族英雄林则徐从小就聪明过人，同时又受到良好的家庭教育。他的父亲林宾日，是个很有经验的教师。林则徐七岁时，他的父亲就教他作文、吟诗、对句。

有一次，林则徐到姑父家作客。姑父家的门槛特别高，姑父见他半天还迈不过门槛，便取笑说：

神童足短。

林则徐马上回答：

姑父门高。

当天，姑父家来了许多客人，大家都想看看，这位远近闻名的小"神童"。其中，一位客人想考考林则徐，便指着塘里游水的鸭子，出了个上联：

母鸭无鞋空洗脚。

林则徐马上答道：

公鸡有髻不梳头。

客人们惊奇不已，连声夸奖。

晚上，月上中天，皎洁的月光洒在园中，一位客人望着水中的北斗七星，又出了一上联：

北斗七星，水底连天十四点。

上联用的是析数格，要对，有一定难度。林则徐沉思片刻，一抬头，看见空中孤雁飞过，便答对：

南楼孤雁，月中带影一双飞。

这一即景下联，不仅与上联对仗工整，而且比上联更含蓄、深沉。小小年纪的林则徐在这三次答对中，显露了惊人的才华，倾倒了姑父家的一众来客。

后来，林则徐上学，随私塾先生念书。有一次，私塾先生带领全班学生到福州东郊鼓山游玩。鼓山，苍松滴翠，岩秀谷幽，又有古刹涌泉寺，是当地著名的风景区。它屹立于闽江口北岸，登上山巅，松涛声声，远看江水浩渺，水天一色，甚为壮观。

登上山后，先生被这里的山光海色所陶醉，一时情兴大发，提出以"海""山"两字作为开头，要学生作一七言联句。才思敏捷的林则徐，略加思考，就作了一副：

海到无边天作岸，

山登绝顶我为峰。

这副气魄宏大、意境深远的对联，深受先生欣赏。小神童林则徐的名声，从此更广为传开了。

知 识 点 击

林则徐在鼓山山巅作的对联"海到无边天作岸，山登绝顶我为峰"中，上联写站在鼓山上，可以望见无边的大海，海的尽头就是天，海天相连，意向远大；下联则以脚踏顶峰，堂堂正正，顶天立地，一览天下小抒发了凌云壮志。上下联平仄、对仗都很工整、和谐，意境更佳。此联又喻示"书山有路勤为径，学海无涯苦作舟"，只有勤奋学习，才能到达成功的彼岸。此联后来被刻在福州市马尾罗星山的罗星公园内。

清风明月自来往，流水高山无古今。中国广袤的土地上，有无数座巍峨耸立的山峰，登高望远，畅意无限。此时读一读蕴藏其间的对联，不觉让人感到心胸开阔！

名山给名联展开具体的图像，丰富了名联视觉。名联结合名山特点给名山以深刻的阐释，也给我们无尽的启迪。比如东岳泰山，巍峨陡峻，气势磅礴，号称"天下第一山"。山上有副名联：

山高则配天，阳鲁阴齐资化育；

坤厚故载物，西河东海仰生成。

寓意自强不息，厚德载物，气定神闲，方能领悟人生真谛。

◆ 小 ◆ 试 ◆ 身 ◆ 手

黄山名联

黄山，位于安徽省黄山市，以奇松、怪石、云海、温泉"四绝"著称于世。著名胜景有七十二峰、二十四溪、三瀑、二湖。原安徽省文联主席赖少其说，非有大手笔，不能画黄山。历代文人墨客在这里留下许多名联，有两副对联我们在游览时经常看见。

其一在立马峰（青鸾峰），其危崖上刻有十个大字：

立马空东海，

登高望太平。

每字直径平均六米，"平"字中竖长九点四米。

其二是玉屏楼中文殊院有一联：

万山拜其下，

孤云卧此中。

此二联神采飞扬，有吞云吐雾之势，堪称绝妙。

请你结合黄山特点，说说对其中一副对联的理解。

_____

_____

二、联颂大川

趣 味 故 事

千年复见黄河清

左宗棠，字季高，又字朴存，号湘上农人，湖南湘阴人。晚清著名政治家、军事家，洋务运动代表人物。他收复新疆维护祖国统一，在中国近代史上写下了浓墨重彩的一笔。

二十三岁时，左宗棠曾自写对联："身无半亩，心忧天下；读破万卷，神交古人。"三十年后的同治五年三月，左宗棠在福州寓所为儿女写家训时，写的也是这副联语。

后来左宗棠担任陕甘总督，平定陕甘乱局较为顺利，仕途成功，意气风发。有一年中秋节，左宗棠思亲思乡之情油然而生。他站在兰州的高楼，望着天上一轮明月，想起张若虚《春江花月夜》的句子："江畔何人初见月？江月何年初照人？人生代代无穷已，江月年年望相似。"

左宗棠的情绪虽有惆怅，但却又因为自信而从惆怅里超脱出来。他立意高远，胸襟开阔，道出了"万山不隔中秋月"的上联壮语。

山隔不了月，再远的路都阻隔不了思家的心。就好像张九龄说的那样："海上生明月，天涯共此时。"左宗棠头顶的月亮，同样照着家乡人，照着天下人。所以，他的情绪得以化解，甚至稍一扭转，将惆怅的情绪转变为豁达豪放之语。

随即，他又吟出"千年复见黄河清"下联豪言，这是何等的自豪，这是何等的得意。

这里的"清"是一语双关。表面上说的是黄河之水变得清澈，河清海晏；实际上说的是陕甘等地的军事、政治、民生等因为左宗棠的治理而变得欣欣向荣，面貌一新。

总体来说，这副对联既有写景也有抒情，既体现了中秋节的氛围，也表达了左宗棠的志向，文采飞扬，不可多得。

知 识 点 击

中国是世界上河流最多的国家之一。中国有许多源远流长的大江大河，著名的河流有长江、黄河、珠江、松花江、黑龙江、淮河、汉江、湘江、鸭绿江、嘉陵江等。这些河流不仅是我们生活中不可或缺的水源，更是中华民族的精神寄托和文化象征。

黄河，是位于中国北方地区的大河，属世界长河之一，中国第二长河（也有称第二大河流）。黄河全长约5464千米，流域面积达到79万平方千米。黄河发源于青藏高原巴颜喀拉山北麓的约古宗列盆地，自西向东分别流经青海、四川、甘肃、宁夏、内蒙古、陕西、山西、河南及山东9个省（自治区），最后流入渤海。

黄河是中华民族的母亲河，孕育了光辉灿烂的华夏文明，滋养了一代代勤劳朴实的大河儿女。历代文人墨客反复吟诵黄河，留下了许多传诵千古的经典篇章。比如：

能盘九曲淘沙尽，更纳千川入海流。

此对联描绘了黄河的雄浑壮丽，以及其源远流长的历史和文化内涵。上联"能盘九曲淘沙尽"，描述其河水历经九曲十八弯，历经千年沧桑，淘尽了历史沙尘，更显其雄浑壮丽。同时，黄河也汇聚了众多的大小河流，千川入海，更显其源远流长。下联"更纳千川入海流"，不仅表达了黄河的广博胸怀，更寓意着中国文化的包容性和多样性。黄河作为中国文化的重要象征之一，文化内涵丰富多样，汇聚了众多地域的文化特色，形成了独特的黄河文化。这种文化的包容性和多样性，也象征着中国社会的和谐发展，源远流长。

因此，此对联不仅表达了黄河的雄浑壮丽和源远流长，更寓意着中国文化的包容性和多样性。它是中国文化瑰宝的生动体现，也是中华民族精神的重要组成部分。

深入学习与大江大河有关的对联，可从中了解它们的历史、超越时空的文化价值和生态价值，学习古人治国理政的爱国情怀、勇往直前的拼搏精神、和谐共生的生态智慧。我们要保护好这些珍贵的资源，让它们继续为我们的子孙后代造福。

小 试 身 手

长江作为中国第一长河，不仅拥有丰富的自然资源，也滋育出厚重的长江文化。今天，让我们跟随对联游览长江，请你选择合适的对联序号填到括号内。

来到白帝城山顶，遥想当年杜甫在此展望峡江秋景，感叹（　　）；到了巫峡，自然会看到（　　）；顺江而下，小孤山屹立于大江上，山若天柱，水如海门，故有（　　）之说；再顺江而下，在采石矶看长江，真是（　　）。

"滚滚长江东逝水，浪花淘尽英雄。是非成败转头空。青山依旧在，几度夕阳红。"面对如此壮丽山河，若能泛舟赏月，把酒观潮，怀古思今，顿觉东坡赤壁二赋堂中的（　　）真是充满智慧的妙联。

A. 两岸如剑立，一江似布悬。

B. 无边落木萧萧下，不尽长江滚滚来。

C. 立定脚跟，哪怕天风海浪；放开眼界，且看楚水吴山。

D. 月色如故，江流有声。

E. 去帆疑霞走，卷浪骇江飞。

三、联颂名堰

趣 味 故 事

李冰修造都江堰

李冰，战国时的水利专家。约公元前256年—约公元前251年，秦昭王任李冰为蜀郡守。期间，他和其子二郎一道，带领民工大修水利，以都江堰工程最著名。

由于地理位置的特殊性，岷江两岸，山高水深，坡陡水急，岷江之水顺流而下，裹挟着大量泥沙，向地势平坦的平原冲去，造成水涝；但东部地势较高，江水无法驶入，造成干旱。李冰到任后，深感百姓疾苦，率领堰工开山凿玉垒，火烧水浇开宝瓶，修鱼嘴，建飞沙堰，彻底解决了危害四川盆地的水患问题。

都江堰的规模宏大，地点适宜，布局合理，兼有防洪、灌溉、航行三种作用，在世界水利工程史上也是罕见的奇迹。都江堰的修成，不仅解决了岷江泛滥成灾的问题，而且从内江下来的水还可以灌溉十几个县，灌溉面积达三百多万亩。从此，成都平原成为"沃野千里"的富庶之地，获得"天府之国"的美称。两千多年来，都江堰一直发挥着巨大的排灌作用，确保了当地农业生产。

四川人民为了纪念李冰父子，在四川灌县城西北玉垒关侧，岷江东岸背山面江修建了二王庙。庙内塑了李冰父子的像，还把李冰治水的经验——"深淘滩，低作堰"六字诀石碑和"逢湾截角，逢正抽心"联语镶其旁。

李冰父子为四川人民做了好事，而且是名垂千古、流芳百世的大好事，人民永远纪念他们！在四川歌颂二王的对联很多，如灌县二王庙正门（顶阁）的对联：

万顷波光归稼穑，

四山云气栗蛟龙。

灌县二王庙大殿的对联：

六字炳千秋，十四县民命食天，尽是此公赐予；

万流归一汇，八百里青城沃野，都从太守得来。

灌县二王庙李冰殿的对联：

深淘滩，低作堰，懿行昭垂，为准为则；

湾截角，正抽心，仪型足式，无颇无偏。

灌县伏龙观联：（李长路书）

两千年好事，车同轨，书同文，天府百流同灌；

数万顷良田，水有源，禾有本，中华一大有州。

灌县玉垒关石刻联：

数千寻波翻浪涌，淘尽英雄，世事易推移，问谁作砥柱中流，不放大江东去？

亿万家棋布星罗，排成图画，此邦真富庶，愧我乏治安上策，敢云吾道南来。

著名当代文化学者余秋雨在《都江堰》一文中直书："我以为，中国历史上最激动人心的工程不是长城，而是都江堰。"

知 识 点 击

从上面一副副对联可见一个人只要为国家、为人民作出了贡献，哪怕改朝换代，哪怕是史书散失，但树立在人民心中的丰碑与世长存！

中国人与水的关系，经历了从斗争到利用，再到和谐相处的漫长历程，可以说，五千多年的华夏文明史，就是一部中华民族与水"交相胜还相用"的抗争史。从四千多年前大禹治水，到两千多年前李冰父子都江堰治水，中华治水文化源远流长。

品味都江堰相关对联，感受这水利工程的智慧结晶，其中蕴含的因势利导、天人合一、包容互鉴、民为邦本等理念，体现了中国人尊重自然、敬畏自然、改造自然的哲学思想。

◆ 小 试 身 手 ◆

现今，都江堰景区景色秀丽，文物古迹众多，被列入世界文化遗产名录，是全国重点文物保护单位、国家5A级旅游景区。都江堰风景区主要包括伏龙观、二王庙、玉垒关、离堆公园、灵岩寺、普照寺、都江堰水利工程等。请你根据上下对联含义和相关知识将合适的地名填写在对联空白处。

①上联：拜水_____，

下联：问道青城山。

②上联：云开鱼嘴含金野，

下联：浪拍_____上锦鳞。

③上联：乘势导流，二江永奠千秋业；

下联：因时施治，_____长留百代功。

④上联：擎天地神幽，都江堰潇水润_____府；

下联：沁灵岩秀色，玉垒山绿林疏蜀风。

四、联颂名湖

◆ 趣 味 故 事 ◆

梁启超写湖联语

梁启超是革命家，也是文学家，题过许多脍炙人口的楹联，其中就有许多"风花雪月"之作。当年他曾给广东省南海县西樵山天湖枕流亭题过一副对联：

春尽花魂犹恋石，

雨余山气欲吞湖。

联语优雅，写了花、石、雨、山、湖的景致，是一幅暮春落红图。

梁启超还是写集句联的高手。他知识渊博，博古通今，名人佳句信手拈来。他曾写集句联赠予好友徐志摩：

临流可奈清癯，第四桥边，呼棹过环碧；

此意平生飞动，海棠影下，吹笛到天明。

上联记述了1924年春徐志摩陪同印度大诗人泰戈尔畅游杭州西湖一事。当年，印度大诗人泰戈尔访华期间，有以梁启超、徐志摩师生为主角的三件文坛雅事，其中的雅事之一就是梁启超为学生徐志摩撰写集句联。

这副楹联的上联分别用了三位宋代词人游览湖景的佳句。"临流可奈清癯"意为：临水怕会看到自己清瘦的身影，"可奈清癯"活脱地勾勒出了两位诗人形态清瘦而意态飘逸的气质。"第四桥边"，用在此处，描述了徐志摩陪同泰戈尔游览到桥边。"呼棹过环碧"中"棹"是划船的一种工具，"环碧"是指曲折回旋的碧水，用在此处，写他们在乘船观赏美丽的西湖风光。

下联记述了泰戈尔到北京后，由徐志摩陪同到法源寺赏丁香、海棠花，并在树下通宵达旦作诗之事。那天徐志摩沉醉于丁香、海棠之美，竟在树下吟诵作诗，直到破晓，时在文坛誉为佳话。

这副楹联的下联也分别用了三位宋代词人吟咏的佳句。"此意平生飞动"道出了徐志摩陪大诗人泰戈尔是平生最兴奋的事情。"海棠影下"指徐志摩与泰戈尔共赏丁香、海棠花之美。"吹笛到天明"描绘的是聚会的盛况，再现了印度伟大诗人、社会活动家泰戈尔来到北京，国内外顶级文人相聚法源寺，自是幸会无前。

梁启超这副楹联，以泰戈尔到访中国为主题，集宋代六位词学大家的词句而成，成为文坛千秋佳话。梁先生当年在北海公园内的松坡图书馆，以八尺宣纸题就此联，书作北魏体，笺用朱丝画格，谨严古朴，赠他学生徐志摩，在梁氏书法中推为上选。

◆ 知 ◆ 识 ◆ 点 ◆ 击 ◆

有人说，湖泊是大地的眼睛。的确，湖泊有各种形状，站在高处俯瞰，它们仿佛是大地母亲的眼睛，是充满智慧、生机和灵气的大地之眼。

我国是一个湖泊众多的国家。洞庭雄阔、鄱阳奇伟、太湖深秀、西湖妩媚……同是湖泊，但每个湖泊各有自己的性格特征。湖泊是美的，她所具有的形、影、声、色，以及她与日月相辉映、与山石相配合所形成的和谐之美，给大自然增添了无限风采。与山脉的伟岸崔嵬、沉雄苍郁相比，湖泊具有清奇淡逸、灵秀幽深的品性，更有一种纯洁、安宁、柔静的温情。如果说山脉具有无与伦比的阳刚之美，湖水就具有极致的阴柔之美。

湖泊之美早已为古人所领受。我国古代文人行吟泽畔，留下难以数计的诗文词联；建筑起亭台楼榭，使之与湖光山色相映生辉。这些由湖泊而产生的诗文词联、亭台楼榭、楹联碑刻、逸事传说，千百年来融合、积淀成我国独特的湖泊文化，它与山岳、江河文化一起构成了中国山水文化的主体。

◆ 小 ◆ 试 ◆ 身 ◆ 手 ◆

今天，我们跟随对联游览名湖胜地，请你选择合适的对联序号填到括号内。

《老残游记》中曾经引用济南大明湖的对联（   ），此联写出了大明湖的魅力，写出了济南的风光优美，令人如身临其境，更真切地感受济南城山水之美。

西湖的美不仅在湖，也在于山、在于文、在于人，自然、人文、历史、艺术巧妙地融合在一起。"未能抛得杭州去，一半勾留是此湖。"苏轼曾在杭州任职，在杭州留下了很多美好的风景，对联

（　　）表达人们依然怀念这位伟大的诗人。

南京莫愁湖，风景秀丽。相传南齐时，洛阳美女莫愁远嫁江东卢家，住在湖滨，湖泊故而得名莫愁湖。又传明朝建都南京后，朱元璋和徐达有一次来这里下棋，以莫愁湖为赌注，结果朱元璋输了，就把此湖赐给了徐达。莫愁湖中的不少楹联内容，都与上面两个故事有关。比如（　　）。

A.占全湖绿水芙蕖，胜国君臣棋一局；看终古雕梁玳瑁，卢家庭院燕双飞。

B.欲共水仙荐秋菊，长留学士住西湖。

C.四面荷花三面柳，一城山色半城湖。

五、联颂长城

趣·味·故·事

孟姜女哭长城

孟姜女哭长城是我国民间非常著名的爱情故事。孟姜女之所以叫"孟姜"，是因为孟家和姜家合种了一只葫芦，秋天葫芦结出了果实，里面却是一个十分惹人喜爱的女宝，孟姜两家人都十分欢喜，便约定合养这孩子，住在孟家，于是这个女孩便叫作孟姜女。

一日，孟姜女在自家花园内玩耍，意外地发现竟有一位年轻公子躲在花园里，一番盘问才得知，原来这公子名叫范喜良，颇具才华。当时，秦始皇为了修建长城到处抓壮丁，搞得百姓们苦不堪言，而范喜良也是为了躲避抓捕，这才误入了孟家的后花园。听闻范喜良的遭遇，再加上他知书达理的气质，孟姜女不知不觉就对他芳心暗许，不久，二人便成婚了。只可惜，好景不长，范喜良的事情被小人告给了官府，于是，他就被官兵强行带走去修筑长城了。

刚刚新婚没几天的孟姜女陷入了失去夫君的痛苦之中，日日在家忧伤。很快，就到了冬天，想到丈夫仓促之间被官府抓走，竟连御寒的棉衣也没有带在身上，孟姜女便十分忧心着急，急忙赶制了棉衣踏上了千里寻夫的路途。虽然奔波艰辛，但孟姜女思君心切，风餐露宿地赶路，终于来到了长城脚下。

然而，这里的民夫非常之多，在连日的劳累之下一个个都是蓬头垢面、皮肤黝黑，孟姜女根本分辨不出哪个是自己的丈夫，只好到处打听。然而，让孟姜女无法接受的是，一位民夫告诉她，范喜良早就因为体力不支劳累致死了，连尸体也没能被好好安葬，随着泥土砖石一起封在长城之内了。闻此噩耗的孟姜女一下子精神崩溃了，她便在长城下啼哭起来，这一哭就是十天十夜，竟然将长城哭倒了八百里，范喜良的尸骨终于露了出来。

虽然"孟姜女哭长城"是一个虚构的民间故事，但是，其艺术价值还是不能忽视的，要知道，民间故事往往都会展现出一定时期内的社会风貌和民生民情。孟姜女哭倒长城的故事，一定程度上也表现出当时的百姓对于秦始皇所作所为的不满，看来"族秦者秦也"所言非虚啊！正如孟姜女庙内对联所云：

秦皇安在哉，万里长城筑怨；

姜女未亡也，千秋片石铭贞。

知 识 点 击

长城是中华民族智慧的结晶，是中华民族伟大精神的象征。"不到长城非好汉"等词句，总是萦绕于耳，激励人奋进创新。

同时，长城也是世界古代八大奇迹之一，令外国人羡慕和敬佩。美国前总统尼克松访华期间游览长城时，非常感慨地说："只有一个伟大的民族，才能造出这样一座伟大的长城。"

历史上，有很多文人墨客都为长城留下了不朽的对联佳作。正是这些独领风骚的作品，赋予了长城新的历史内涵，积累了新的文化宝藏，树起了新的精神丰碑。

其中有写长城景观的，如长城居庸关对联云："辽海吞边月，长城锁乱山。"此联中一"吞"一"锁"相对，十分艺术地凸显了居庸关的险要与雄健。

再如，长城山海关对联云："两京锁钥无双地，万里长城第一关。"此联赞颂山海关，表现了山海关地理位置的险要和气势的雄伟。

还有突出关隘之雄美或险要的对联，如紫荆关有对联曰："紫塞行空群山小，红霞入暮孤月明。"关隘本是险要的，但此联之中的夕阳晚霞和夜月流光下的雄关又是那样的幽美而不可言之，自有另一种感人至深的美沁人心扉。

今天，更有人赋予其时代精神，吴乃济题长城：

崇山西越，沧海东临，明月雄关，犹想当年鼙鼓；

晓色晴开，春风漫度，柳枝清笛，还听今日笙歌。

小 试 身 手

有关长城最长的一副对联，当属孟姜女庙前殿廊柱上久负盛名的对联：

海水朝朝朝朝朝朝朝落，

浮云长长长长长长长消。

此联被称为"天下第一奇联"，颇耐人寻味和把玩。它巧妙地使用了汉语谐音双关的修辞法，细心的读者若在适当的地方，将上联中的"朝"字分别读作潮水的"潮"和朝阳的"朝"音，将下联中的"长"字分别读作生长的"长"和经常的"常"音，便会体会到其中妙处。把长城首端依山傍水的气象吐纳其中，真是出奇制胜，令人叫绝。

一个人的心境不同、阅历不同，解读此联的方法也会有所不同。关于这副对联的读法有十几种，这里介绍两种（为方便发音和理解，部分字用了谐音代替）：

第一种，是最广为流传的读法：

海水潮，朝朝潮，朝潮朝落；浮云长，常常长，常长常消。

第二种：

海水朝潮，朝朝潮，朝朝落；浮云常长，常常长，常常消。

请你试一试别的读法，并写在下面。

_____

_____

六、联颂名泉

趣 味 故 事

冷泉亭上对联引思考

冷泉亭由唐代杭州刺史元藇兴建，位置独特，矗立于一泓泉水之中，四周面山临水，因环境清幽而受到游人的喜爱。特别是著名诗人白居易出任杭州刺史时，为冷泉亭写下文辞优美的题记以后，冷泉亭更成了文人骚客憧憬的地方。到了明代，著名的书画家董其昌为冷泉亭题写了一副对联：

泉自几时冷起，峰从何处飞来。

这副冷泉亭联，字面言辞平淡，但内藏机锋，很值得人们反复玩味。这给后来的文人墨客们留下了一个有趣的话题。

清朝末年，著名的经学和训诂学大师俞樾携夫人游览灵隐，来到冷泉亭中小憩，无意中读到了董其昌留下的这副对联。俞夫人也是个很有文墨的人，就要求丈夫俞樾用对联做一个答语。俞樾很高兴，不假思索脱口答道：

"泉自有时冷起，峰从无处飞来。"

俞夫人听了却不以为然，说："你的答联还不如改成这样的好。"说着，她作一副对联道：

"泉自冷时冷起，峰从飞处飞来。"

俞樾的答联平实，空灵不足。而俞夫人的答联参以禅机，以不作答代回答，显得灵秀而富于禅味，的确要更为精妙。

过了几天，俞樾带着次女秀孙又来到冷泉亭边。他给秀孙说明上次给对联改字一事，秀孙望着亭子，沉思了好大一会儿，慢慢地说：

"泉自禹时冷起，峰从项处飞来。"

前面一句容易理解，说泉水自大禹时期就冷起了，极言泉冷之早，而后面一句令俞樾不解，急问"项"字如何解释。秀孙抿嘴一笑，不慌不忙地回答说："项羽自称'力拔山兮气盖世'，如果不是项羽凭其浑身勇力把这座山拔起，它怎么能飞到灵隐寺来呢？"小女儿俏皮而巧妙的联想能力，使俞樾深感诧异，拍掌叫好。

后来，左宗棠吟玩此联之余，挥毫写下了一副对联：

在山本清，泉自源头冷起；

入世皆幻，峰从天外飞来。

这副对联有佛家意味，有对尘世的揶揄和对清凉幽僻世界的称颂，且禅意与冷泉、飞来峰巧妙结合，写得雅致而天衣无缝。

知 识 点 击

我国幅员辽阔，有许许多多千姿百态的碧水清泉的踪迹，总数有10万之多。其中因水质好、水量大或因水奇泉怪而闻名遐迩的清泉也有百处之多。汩汩清泉，水质清澈，晶莹可爱。

泉水滋养了人类的生命，美化了大地，给予我们秀美的山川景色：温泉四季如汤，冷泉刺骨冰肌，承压水泉喷涌而出、飞翠流玉，潜水泉清澈如镜、汩汩外溢，喷泉腾地而起、水雾弥漫，间歇泉时淌时停、含情带意，还有离奇古怪的水火泉、甘苦泉、鸳鸯泉等。这些名泉，均对风景名胜有锦上添花之妙，相得益彰，誉满中外。

自古以来，很多文人墨客游历大江南北，品水题留，各大名泉都留下他们的足迹，还有不少名泉以著名历史人物的名或号命名，如湖北宜昌的陆游泉、江西上饶的陆羽泉、杭州西湖的六一泉、山东淄博的柳泉等，让游人联古唱今，流连忘返。

小 试 身 手

名泉联作为名胜风景联的一种，其作用也是多方面的，既可阅古今、壮观瞻、激诗情，又可生妙趣、添游兴、长知识，使人在不知不觉中开阔了视野。

今天，我们跟随对联游览名泉胜地，请你选择合适的对联序号填到括号内。

山东省济南市趵突泉公园内，有一闻名遐迩的趵突泉，泉水从地下岩溶溶洞涌出。三窟并发，浪花四溅，声若隐雷，势如鼎沸。有联赞曰（　　）。

浙江杭州市西南大慈山白鹤峰下慧禅寺侧院内，有一虎跑泉，相传唐元和年间，有高僧住在这里，苦于无水，无奈之际准备离寺而去。夜里，梦见一神仙告之："明日有二虎将南岳童子泉移来。"第二天果然见有二虎"跑地作穴"，涌出泉水。有对联（　　）记载。

玉泉，这一泓名泉在北京西郊玉泉山东麓，（　　）是诗人题咏玉泉的楹联。乾隆皇帝研究和品评天下诸名泉佳水时，将天下名泉列为七品，京师玉泉独居第一。

A.波声回太液，云气引甘泉。

B.虎移泉眼至南岳童子，历百千万劫留此真源。

C.云雾润蒸华不注，波涛声震大明湖。

七、联颂名楼

天下第一长联——大观楼长联

大观楼位于云南昆明西南滇池北岸的大观公园内，清康熙年间所建，园内楼阁耸峙，巍峨壮观，湖光山色，绿树成荫，风景优美怡人。

孙髯，字髯翁，号颐庵，自号"蛟台老人""万树梅花一布衣"，祖籍陕西三原。孙髯生而聪颖，自幼喜读古诗文，精研诗词格律和楹联，博学多识，一生勤奋，著述甚丰。传说孙髯游览滇池登上大观楼时，见一帮文人雅士正在饮酒吟诗，为清王朝歌功颂德。他不以为然，摇头叹息。众人见他如此举动，嘲讽他说："有本事你也来写，何必如此。"孙髯翁一听，心潮起伏，提起笔一气呵成，写出了这副名扬中外的一百八十字的长联。众人惊愕不已。后来，昆明文人陆树堂把这副长联镌刻为联匾，悬挂在大观楼正门的两旁，以供观赏。联曰：

五百里滇池，奔来眼底，披襟岸帻，喜茫茫空阔无边。看东骧神骏，西翥灵仪，北走蜿蜒，南翔缟素；高人韵士，何妨选胜登临，趁蟹屿螺洲，梳裹就风鬟雾鬓，更苹天苇地，点缀些翠羽丹霞；莫辜负，四围香稻，万顷晴沙，九夏芙蓉，三春杨柳。

数千年往事，注入心头，把酒凌虚，叹滚滚英雄谁在？想汉习楼船，唐标铁柱，宋挥玉斧，元跨革囊；伟烈丰功，费尽移山心力，尽珠帘画栋，卷不及暮雨朝云，便断碣残碑，都付与苍烟落照；只赢得，几杵疏钟，半江渔火，两行秋雁，一枕清霜。

上联重在写景。描写登大观楼骋怀所见，巧妙地运用比喻、借代、夸张等修辞手法加以描绘，贴切自然、新颖别致、生动鲜明地突出了"五百里滇池"四周风光的特征。四周的山峦，东面金马山如神马奔驰，西边碧鸡山像凤凰展翅，北方蛇山似长蛇蜿蜒，南端白鹤山若白鹤飞翔。螃蟹状的岛屿上，螺蛳形的洲渚上，雾中随风飘舞的花草柳枝宛如少女在梳理鬓发；铺天盖地的苇草，点缀其间的翡翠般的鸟雀映照着灿烂红霞。这些描绘具体又立体，生动形象，由此及彼，由彼及此，为人们插上了想象的翅膀，具有相当强的艺术感染力。

下联侧重咏史。追忆云南古代相关历史事件及其相关人物：汉武帝造船习水，唐玄宗竖纪功铁柱，宋太祖玉斧挥图，元世祖乘皮筏渡江。作者通过咏叹史实来抒怀，慨叹历代帝王的丰功伟绩是何等的显赫，然而转眼之间也不过如朝云暮雨般更迭转换、兴衰浮沉。纪功的残碑，已横卧在苍烟和夕阳之下，只留有几声古庙的钟声，半江黯淡的渔火，两行孤寂的秋雁，一枕清冷的寒霜……对云南的"数千年往事"抒发了无限感慨，惊警深邃，耐人寻味，同时也十分委婉地寄寓了对个人怀才不遇的感伤。

◆知◆识◆点◆击◆

中国有很多名楼，其中湖北武汉黄鹤楼、湖南岳阳岳阳楼、江西南昌滕王阁、山西永济鹳雀楼、山东烟台蓬莱阁、云南昆明大观楼、江苏南京阅江楼、湖南长沙天心阁、陕西西安钟鼓楼、浙江宁波天一阁合称中国十大历史文化名楼。另外，山东聊城光岳楼、山东济宁太白楼、广东广州镇海楼、浙江嘉兴烟雨楼、贵州贵阳甲秀楼等也比较有名。楼阁的建筑风格具有特色及地理位置优越，使得这些楼阁中镌刻题撰的楹联佳作非常多，时光流转，佳联因楼阁流传，楼阁因佳联闻名。

黄鹤楼、岳阳楼、滕王阁与鹳雀楼齐名，并称为中国四大名楼，下面一一介绍这四大名楼。

湖北武昌黄鹤楼，素有"天下江山第一楼"之美誉。黄鹤楼是古典与现代熔铸、诗化与美意构筑的精品。崔颢、李白、白居易、陆游等才子的诗句为黄鹤楼的美誉奠定了基础，"因山""因仙"得名的说法更是满足了人们求美情志和精神超越的需要。正如对联所云：

有所愁便写，无可道便罢休，君若问神仙，试想想崔李本事；

一自下故深，百能容故博大，我来望江汉，长殷殷宜胡替人。

湖南岳阳岳阳楼耸立在岳阳市西门城头，位于洞庭湖畔。自古有"洞庭天下水，岳阳天下楼"之誉，北宋范仲淹脍炙人口的《岳阳楼记》中名句"先天下之忧而忧，后天下之乐而乐"，更使岳阳楼著称于世。如著名的岳阳楼对联：

四面湖山归眼底，万家忧乐到心头。

江西南昌滕王阁位于南昌市沿江路赣江东岸，世称"西江第一楼"，因初唐才子王勃作《滕王阁序》让其在三楼中最早扬名天下，故又被誉为"江南三大名楼"之首，真是如联所云：

我辈复登临，目极湖山千里而外；

奇文共欣赏，人在水天一色之中。

山西永济鹳雀楼位于永济市古蒲州城外西南的黄河岸边，是黄河流域一颗璀璨的"明珠"，因唐代诗人王之涣《登鹳雀楼》而名留千古。如鹳雀楼应征联：

旧事已沉湮，惟存绝唱新声，伴九曲黄河，同驰万里；

名楼重耸峙，正好抒怀纵目，引五洲俊彦，更上一层。

小 试 身 手

窦垿曾为岳阳楼撰联一副，用典颇多，借助名人典故、名人诗文名句、传说逸事，描情绘景，抚今追昔，广为流传。联曰：

一楼何奇？＿＿＿五言绝唱，＿＿＿两字关情，＿＿＿百废俱兴，＿＿＿三过必醉。诗耶？儒耶？吏耶？仙耶？前不见古人，使我怆然涕下；

诸君试看，洞庭湖南极潇湘，扬子江北通巫峡，巴陵山西来爽气，岳州城东道岩疆。渚者，流者，峙者，镇者，此中有真意，问谁领会得来。

请你根据相关文学作品和传说典故，在上联空白处填写合适的名字。

八、联颂名桥

李春赢得万口春

赵州桥又名安济桥，意为"安渡济民"，由著名匠师李春建造。如今，赵州桥公园大门有副对联：

安济欣看千年济，李春赢得万口春。

赵州桥是入选世界纪录协会世界最早的敞肩石拱桥，创造了世界之最，被誉为"华北四宝之一"。它是中国，同时也是世界上现存最早、保存最完整的石拱桥。此外，赵州桥的雕刻艺术，形态逼真，琢工精致秀丽，也是文物宝库中的艺术珍品。

相传从前在河北省赵县城南五里的地方，有一条大河，名叫洨河，每逢夏秋两季，大雨来临，雨水和山泉一并顺流而下，沿途又汇合几条河流，形成了汹涌的洪流。因此，洨河两岸的居民和来往的行人，都感到非常不便。

赵县人民的这个困难被著名的工匠祖师鲁班知道了，他特地赶来，施展出卓越的技术，在一夜之间就造好这座赵州大石桥。

赵州桥造好的消息很快就传遍了四方。远近居民都怀着惊喜的心情，争先恐后地前来参观。后来，这振奋人心的消息越传越远，一直传到了天上，被"八仙"之一的张果老听说了。张果老不相信鲁班有如此大的本领，他骑上毛驴直奔赵州洨河而来，想看个究竟。半路上，张果老又碰见成了仙的柴荣王爷，于是，邀他同去赵州桥。二人来到赵州洨河畔，仔细一看，心中不由的暗暗惊叹，只见赵州桥犹如苍龙飞架，新月出云，又似长虹饮涧，玉环半沉，奇妙无比。二人不由得赞叹道："鲁班造桥果然名不虚传，真是天下奇工啊！"

张果老存心要和鲁班开个玩笑，他在驴背的褡裢里一边装上了太阳、一边又装上了月亮，要在桥上走过。这还不算，他又要柴荣王爷推着载有五岳名山的独轮车，问鲁班这桥能不能禁得住两人同时前进。

这时，鲁班刚把大桥修好，正十分得意，便很不以为然地说："这么坚固的石桥，千军万马从桥上踏过都毫无问题，难道还经不起你二人走么？"张果老闻言只是一笑，轻巧地跳上驴背，柴荣王爷也是笑眯眯地推起了小车，两人一起上了桥头。

他们二人上桥以后，把桥压得摇摇欲坠。鲁班一看情况不妙，赶紧跳下桥去，用力托住桥身东侧。鲁班的天生神力支撑住了摇晃的桥体，才使这两位仙人带着日月和五岳名山顺利通过。

从此，桥上留下了几处人们津津乐道的"仙迹"：张果老的驴蹄印和斗笠颠落压成的圆坑；柴荣王爷因推车用力过猛，一膝着地压成的膝盖印和车道沟；鲁班托桥的手印。

知 识 点 击

中国是桥的故乡，自古就有"桥的国度"之称。桥发展于隋，兴盛于宋。遍布在神州大地的桥，编织成四通八达的交通网络，连接着祖国的四面八方。中国古代桥梁的建筑艺术，有不少是世界桥梁史上的创举，充分显示了中国古代劳动人民的非凡智慧。

我国山川众多、江河纵横，是个桥梁大国，但南北地质地貌差异较大，因此对建桥的技术要求也高。大约在汉代时，桥梁的四种基本桥型——梁桥、浮桥、索桥、拱桥便已全部产生了。这四种桥根据其建筑材料和构造形式的不同，又分别演化出：木桥、石桥、砖桥、竹桥、盐桥、冰桥、藤桥、铁桥、苇桥、石柱桥、石墩桥、漫水桥、伸臂式桥、廊桥、风雨桥、竹板桥、石板桥、开合式桥、溜索桥、三边形拱桥、尖拱桥、圆拱桥、连拱桥、实腹拱桥、坦拱桥、徒拱桥、虹桥、渠道桥、曲桥、纤道桥、十字桥，以及栈道、飞阁等等，几乎应有尽有。同时，这些桥又是活的文物瑰宝，记载着许多珍贵的资料。

我国幅员辽阔，地大物博，古桥名桥不胜枚举。潮州广济桥（湘子桥）、河北赵州桥、泉州洛阳桥、北京卢沟桥被称为中国四大古桥。

在古桥这一文化符号中，除其本身造型及技艺外，桥联也使一座座古桥充满了文化艺术的内涵，这些诗文联匾，具有很高的科学研究、证史补史和艺术欣赏价值。

小 试 身 手

广济桥，古称康济桥、丁侯桥、济川桥，俗称湘子桥，位于广东省潮州市古城东门外，横跨韩江，连接东西两岸，为古代广东通向闽浙交通要津，也是潮州八景之一。因集拱桥、浮桥、梁桥于一体的独特风格而被誉为"世界上最早的启闭式桥梁"，在中国桥梁建筑史上占有重要地位。

现如今，展现在人们面前的是一座古色古香，集亭台楼阁、匾额楹联于一体，把文化、书法与韩江两岸秀美的山光水色融为一体，充满文化气息，国内外独一无二的文化古桥。人们漫步于广济桥上，不仅可以观赏韩江两岸山光水色的美景，而且还可以品味由著名的书法家书写的匾额、楹联，令人心旷神怡。

请你给相对应的匾额、楹联连线。

牌匾	楹联
广济桥	魄到中天满，光分万里同。
小蓬莱	触目有情皆胜景，放怀无处不仙山。
云衢	广川利涉开新运，杰阁重楼见旧仪。
得月	云绕瀛州，江流天外；衢通蓬岛，阁耸日边。

九、联颂名亭

红叶亭改名为"爱晚亭"

坐落在岳麓山清风峡的爱晚亭，亭形为重檐八柱，琉璃碧瓦，亭角飞翘，从远处看起来像是要凌空起舞。沿着亭子西面错落的石块一路走上去，能够看到亭子中有着斑斓的彩绘，而在亭子的东西两面分别都悬挂着红底金字的牌匾"爱晚亭"，这几个字是由当时的湖南大学校长李达专函请毛泽东亲笔手书。

从外观上看爱晚亭跟一般的亭子没有太大区别，不过这个亭子的名气却大得很，首先是因为杜牧的诗作《山行》："远上寒山石径斜，白云生处有人家。停车坐爱枫林晚，霜叶红于二月花。"这首诗告诉我们，逢秋高气爽时，岳麓山上漫山遍野火红的枫叶乃是人间美景，走到这里就忍不住停下来想要欣赏一番，供人歇脚休息的爱晚亭就应运而生了。而爱晚亭的名字也来自诗句中的"爱""晚"两字。其实关于爱晚亭名字的由来还有一个传说。

相传爱晚亭于乾隆五十七年由当时的岳麓书院院长罗典修建而成，最初因满山枫叶而被命名为"红叶亭"。某年秋天，江南性灵派诗人袁枚来长沙讲学，慕罗典之名，特来岳麓书院拜见。罗典以袁枚办学招收女弟子乱了学规为由，在书院门前贴出一副对联——"不为子路何由见，非是文公请退之"，拒绝见袁枚。同时，还派学生名为陪游，实为监督，随时将袁枚的言论报告给他。袁枚在游山时的言论陆续传来。一个学生报告说：袁枚很少介绍自己，总是向我们了解先生的治学方法，不是我们听他讲学，倒是他听我们介绍先生的治学办法。罗典听了，心头一热，感到袁枚为人处世非同小可。又有学生报告说：袁枚在山上和我们席地而坐，一起切磋学问，一点也不像个先生，倒像个年纪稍大的学生。罗典听了，霍地一下从座椅上站起，脱口称赞道："这是一个有真才实学的人啊！"又有学生报告说：袁枚提议将红叶亭取杜牧的《山行》中"爱""晚"二字，改名为爱晚亭，会更有诗意和格局。罗典一听，拍案叫绝，大声对学生们说："袁公，真是有学问的人啊，你们赶快打开中门，请袁公进院讲学！"

从此，罗典和袁枚结成好友，红叶亭遂改名为"爱晚亭"。如今，亭柱刻有楹联赞美这人间仙境：

山径晚红舒，五百夭桃新种得；

峡云深翠滴，一双驯鹤待笼来。

知 识 点 击

"亭者，停也。人所停集也。"亭是中国的一种传统建筑，在古时候是供行人休息、观察或乘凉的地方。周代的亭，是设在边防要塞的小堡垒，设有亭史。到了秦汉，亭的建筑扩大到各地，为地方维护治安的基层组织所使用。魏晋南北朝时，代替亭制而起的是驿。之后，亭和驿逐渐废弃。但民间却沿用了在交通要道筑亭作为旅途歇息之用的习俗。

亭一般为开敞性结构，没有围墙，顶部可分为六角、八角、圆形等多种形状。因为造型轻巧，选材不拘，布设灵活而被广泛应用在园林建筑之中。它虽不如楼阁台榭庄严高大，却是一种画龙点睛式的小品建筑，其重要作用在于点缀，小巧轻灵，不拘于地。中国园林景观，几乎都离不开亭。在园林中或高处筑亭，既是仰观的重要景点，又可供游人统览全景；在叠山脚前边筑亭，以衬托山势的高耸；在临水处筑亭，则取得倒影成趣；在林木深处筑亭，半隐半露，既含蓄而又平添情趣。

亭既是重要的景观建筑，也是园林艺术中文人士大夫撰联题对点景之地。中国很多名亭，皆因我国古代文人雅士的诗歌文章而闻名。

188

◆ 小 ◆ 试 ◆ 身 ◆ 手 ◆

滁州的醉翁亭，北京的陶然亭，杭州的湖心亭，长沙的爱晚亭并称中国四大名亭。今天，让我们跟随对联一同游览名亭，请你选择合适的对联序号填到括号内。

醉翁亭位于安徽省滁州市西南琅琊山麓，始建于北宋庆历七年（1047年），由唐宋八大家之一欧阳修命名。时任滁州太守欧阳修的传世之作《醉翁亭记》写的就是此亭，亭前有"让泉"。有联叹曰（　　）

陶然亭位于北京市陶然亭公园内，取白居易诗"更待菊黄家酿熟，与君一醉一陶然"一句中的"陶然"二字为亭命名。这座小亭颇受文人墨客的青睐，被全国各地来京的文人视为必游之地。陶然亭被誉为（　　）清代200余年间，此亭享誉经久，长盛不衰。

湖心亭位于浙江省杭州市西湖中央，原名湖心寺，也被列为清代西湖十八景之一，环岛环水，环山环抱。湖心亭与三潭印月、阮公墩合称"湖中三岛"，湖心亭为"蓬莱"，三潭印月是"瀛洲"，阮公墩是"方丈"。明朝张岱曾写过一篇文章《湖心亭看雪》，意味深远。湖心亭历史悠久，景色优美，再加上西湖人文典故甚多，佳联频出，如（　　）

A.周侯藉卉之所，右军修禊之地。

B.举酒吟怀，山水有怜其太守？濯泉巡目，鸟花无怨我青衣！

C.柳色风新，舞酣消得许仙恨；湖情月醉，笙妙赢成西子欢。

189

十、联颂名园

◆ 趣 ◆ 味 ◆ 故 ◆ 事

最爱诗园是沈园

在名园荟萃的江南，沈园并不是以园林艺术设计和规模著称，而是因一段委婉凄凉的爱情故事而流传千古，更是被誉为"中国第一爱情名园"。

据记载，南宋诗人陆游二十岁时和表妹唐婉结婚。两人从小青梅竹马，婚后互敬互爱。然而，陆游的母亲却不喜欢唐婉，以致最后发展到强迫陆游和唐婉离婚。陆游迫于母命，万般无奈，只得被迫与爱妻唐婉忍痛分离，这一对年轻人的美满婚姻就这样被拆散了。

数年过后陆游礼部会试失利，当时的陆游满怀忧郁的心情独自一人漫游沈家花园。正当他借酒浇愁之时，意外地看见了唐婉和其改嫁后的丈夫赵士程。尽管这时他已与唐婉分离多年，但是心里对唐婉的爱并没有消失。陆游满怀伤感，他放下酒杯，正要转身离去的时候，不料唐婉征得赵士程的同意，给他送来一杯酒。陆游看到唐婉这一举动，体会到了她的深情，两行热泪凄然而下，一扬头喝下了唐婉送来的这杯苦酒。在陆游伤感之余，在园壁题了著名的《钗头凤·红酥手》：

红酥手，黄縢酒，满城春色宫墙柳。东风恶，欢情薄。一怀愁绪，几年离索。错，错，错！

春如旧，人空瘦，泪痕红浥鲛绡透。桃花落，闲池阁。山盟虽在，锦书难托。莫，莫，莫！

此诗情真意切，哀婉凄怨，令人动容，唐婉见后也不胜伤感，于是也跟着和词《钗头凤·世情薄》一首：

世情薄，人情恶，雨送黄昏花易落。晓风乾，泪痕残，欲笺心事，

190

独语斜栏。难，难，难！

人成各，今非昨，病魂常似秋千索。角声寒，夜阑珊，怕人寻问，咽泪装欢。瞒，瞒，瞒！

在两人这次偶遇之后，唐婉不久便忧郁而死。陆游得知唐婉的死讯，悲痛欲绝，此后北上抗金，几十年的戎马生涯却无法排遣心中的眷恋。他六十七岁的时候，重来沈园，已物是人非，触景伤情，陆游为了抒发内心的隐痛，于是赋诗写下了《沈园二首》。这些佳句都成为千古绝唱，沈园也由此久负盛名。

如今孤鹤轩有对联：

宫墙柳，一片柔情，付与东风飞白絮；

六曲栏，几多绮思，频抛细雨送黄昏。

知　识　点　击

中国古典园林可以说是自然美、生态美、建筑美、艺术美的有机统一。那些精美的牌匾对联、亭台楼榭、曲院回廊、假山叠石与荷池画舫等，无不安排巧妙，将大自然的万千美景和审美意蕴浓缩其中，构成一幅幅令人流连忘返的艺术画卷。

中国古典园林的创作和中国绘画一样，都注重把命名、题咏与景物的安排结合在一起。作为园林艺术的有机组成部分，那些通过门额、牌匾、石刻等形式表现出来的园名和景名，不仅恰到好处地起到了点题和深化意境的作用，使园林生出许多情趣，变得更加富有生命力，而且园名本身也状物写景、抒怀言志，或富含深奥哲理，或充满诗情画意，或含蓄蕴藉，或画龙点睛，使人在吟赏玩味之余，启迪智慧，增添游兴，获得审美的愉悦和享受。

对联是中国独有的文学艺术形式，被大量地应用于园林之中。这些对联既能造成古朴、典雅的气氛，又起着烘托园景主题的作用，给以综合审美为特征的中国古典园林增添了一道耐人寻味的文化风景线。而且对联文辞之隽永，书法之精妙，常常令人一唱三叹，徘徊不已，这对游

191

人来说无疑也是一种美的享受。

沈园南墙边有著名的"半壁亭"。亭柱上有副戴盟所撰楹联"莫因半壁忘全壁，最爱诗园是沈园"。此楹联极有深意，暗喻当时南宋山河破碎，小朝廷居于东南半壁，也体现了陆游一生强烈的报国之情及其对国家命运的深切忧虑。

中国古典园林中的对联，虽仅只言片语，却意蕴隽永，对园林景观起着烘云托月、画龙点睛的作用。这些对联有的富有哲理，发人深思；有的抒发情怀，令人神往；有的切合主题，启人心智，成为园林艺术不可或缺的组成部分，也是中国古典园林艺术的精华之所在。

小　试　身　手

1.请你根据对联含义试着在空白处写一对反义词。

北京颐和园、河北承德避暑山庄、苏州拙政园、苏州留园并称中国四大名园，其中苏州位列两席，足见苏州园林艺术巧夺天工。

拙政园内名联佳句满目，其中雪香云蔚亭的南柱楹联更是读之如赏画：

蝉＿＿＿＿林愈＿＿＿＿，鸟鸣山更幽。

此联运用以声显静的艺术手法，成功营造了一幅幽静、深邃的山水画中之景。

2.请你根据对联含义试着在空白处写上花名。

留园的楹联浓缩了留园数百年的历史发展，是苏州的文化集大成者，其中五峰仙馆北厅的长楹联朗朗上口，细思妙极。

读书取正，读易取变，读骚取幽，读庄取达，读汉文取坚，最有味卷中岁月；

与＿＿＿＿同野，与＿＿＿＿同疏，与＿＿＿＿同洁，与＿＿＿＿同芳，与＿＿＿＿同韵，定自称花里神仙。

上联作者选了《尚书》《易经》《离骚》《庄子》和汉代的文章五种有代表性的著作，取其精髓，从中获得了无穷的乐趣；下联借花来喻指人的品格高洁脱俗，心志不凡。全联对仗工整，寄托遥深。

十一、联颂故宫

趣 味 故 事

看了故宫联，方知读书少！

北京故宫，旧称为紫禁城，被誉为世界五大宫殿之首，其余四个宫殿分别为俄罗斯莫斯科的克里姆林宫、法国巴黎的凡尔赛宫、英国伦敦的白金汉宫和美国华盛顿的白宫。故宫同时还是世界文化遗产，全国重点文物保护单位，国家5A级旅游景区。

故宫位于北京中轴线的中心，是明、清两代的皇宫，占地面积约为72万平方米，建筑面积约为15万平方米，是中国现存规模最大、保存最为完整的木结构宫殿建筑群。故宫始建于明永乐四年（1406年），明永乐十八年（1420年）建成。

对联在宋元间已多见于宫殿、书院、寺观、斋馆，至明清而极盛，明太祖就喜撰联赐给大臣，有一年还专门下旨凡"公卿庶士家，门上须加春联一副"。清代的皇帝也多爱撰对联，特别以康熙、乾隆祖孙俩在位时间最长，又颇具文才，所撰的对联最多、亦颇见文采。

故宫规模宏大，富丽堂皇，画栋雕梁，无处不有楹联堂匾。其中有不少是由皇帝亲撰，其余也皆是饱学的大臣所为。这些匾额、楹联，肃括宏深，往往引经据典。

太和殿，典出《周易》。中国古代哲学家认为，宇宙间充满阴、阳二气。任何一件事物，都可以赋予它阴阳不同的属性。万事万物，只有阴阳调和，才能得以顺利发展。太和殿在紫禁城中，是最重要的一座建筑，凡皇帝即位、大婚、册立皇后、命将出征，以及元旦、冬至、万寿等重要庆典和接受朝贺都在这里举行。故其建筑形式、规模，也都在其他建筑之上。

太和殿内正中挂有"建极绥猷"匾，意思是：用至大极中之道谋划安定天下。太和殿金柱上悬有对联：

帝命式于九围，兹惟艰哉，奈何弗敬；

天心佑夫一德，永言保之，遹求厥宁。

此联为乾隆帝所书，意思是：天帝命我治理九州，虽然艰难，怎敢怠慢；上天保佑善良纯德，永保天下，百姓安康。在这里"帝命"和"天心"，也可以说是皇帝本人的意志与用心。

中和殿在太和殿之后，保和殿之前，位置居中，故用此名，更含有"致中和"的用意。"允执厥中"横匾悬挂在中和殿宝座上方，四字符合殿名，表示皇帝在行使权力时，执信、公允、适中。中和殿宝座两侧柱子上悬有对联：

时乘六龙以御天，所其无逸；

用敷五福而锡极，彰厥有常。

此联原为乾隆帝所书，意思是：太阳驾六龙永恒地在天空中运行，圣明的君王没有安逸的时候；君主因广布五福才得到民众拥戴，所以要持之以恒地彰显恩泽。以此来告诫自己要勤勉为政、亲民爱民。

知 识 点 击

匾联是以汉语独特的语言艺术为基础的具有多重文化价值的一种文化艺术形式，是不可多得的宝贵文化资源。故宫为中国古代宫殿建筑的典范，其宫、殿、门、楼、堂所载匾联众多，这些历代创作的集彰显、教化、装饰于一身的600余副匾联，赋予故宫独特的美。

有的匾联以典相切，高古雅奥。故宫匾联通过典丽矞皇、高古雅奥的语词和典故体现泱泱大国王廷气象，在致君尧舜的同时让民众处于对理想社会的无限憧憬中。如弘德殿匾联"二典三谟，法尧舜之道；五凤十雨，协天地之心"，"典""谟"作为《尚书》中的两种文体，其中"典"是帝王言行的记录，"谟"是君臣共商国是的记载，通过"帝典王谟""二典三谟"象征符号来告诫众人，治国要顺应天道，为政要顺乎民意。

有的匾联巧用成语，结构严谨。故宫匾联还选用一些世代传习的成语，在增加楹联人文教化功能的同时，也使语义表达更加凝练和富有韵味。如漱芳斋联"明目达聪，嘉言罔攸伏；夙兴夜寐，继序思不忘"，语出《尚书·舜典》，劝勉当政者要广开言路，勤政务实，虽在内容上直接摘引自儒家典籍，但在整体上是对原有经典最为集约的升华和重新诠释。

有的匾联摘句成联，句式多样。在保持原意的前提下，通过句式变化和字词改动，适应对仗需要，雅化和诗化句式，使得表达更具有艺术性。如太和殿匾联"帝命式于九围，兹惟艰哉，奈何弗敬；天心佑夫一德，永言保之，遹求厥宁"，此处"天心佑夫一德"语出《尚书·咸有一德》，与摘自《诗经·商颂·长发》的上联"帝命式于九围"相对仗。该联告诫众人创业维艰，要后世守成之人惟德是辅、敬德保民，联语虚实搭配，相得益彰。

小试身手

三希堂

养心殿西暖阁的旁边，有一间几平米的小屋，乾隆为其取名"三希堂"。

"三希"之名，大体有三个意思：一是乾隆帝在此处书房收藏了王羲之的《快雪时晴帖》、王献之的《中秋帖》、王珣《伯远帖》，三件书法遗迹皆为稀世珍品；二

怀抱观古今
深心托豪素

是应和其师蔡世远的"二希堂";三是寓含宋代大儒周敦颐的"圣希天，贤希圣，士希贤"之意，勉励自己积极修养，不断超越，上升到更高的心灵境界。

乾隆摘谢灵运的"怀抱观古今"和颜延之赞向秀的"深心托豪素"二诗句成上下联，悬挂于"三希堂"匾额旁。请你说说这副对联表达的意思。

_____

_____

十二、联颂大院

乔家大院匾额楹联"风景线"

在中国近代经济史上，晋商驰骋欧亚数千公里，称雄商贸数百年，创造了"货通天下""汇通天下"的商业盛况。而晋商中的乔家，富甲一方200多年，泽被超过6代，有"晋商翘楚"之称。若想读懂这个独领风骚200余年的晋商翘楚，可参看那些散落在乔家大院的匾额楹联。

乔氏家族世代居住的祖屋乔家大院始建于清乾隆年间，位于山西晋中祁县。走进这座城堡式建筑，200多年的历史沧桑、岁月风云扑面而来。在这座闻名遐迩的宅院，匾额楹联构成了一道底蕴深厚的"风景线"。

它们集文学、书法、雕刻、装饰艺术于一身，意义深厚，内涵丰富，不仅装点了乔家豪门望族的门面，而且蕴涵着宅院主人修身治家和经商处世的道德志向及生活情趣。其人文魅力至今闪耀，让前来观赏大院的人们在出入俯仰间得到熏陶与启迪。

"子孙贤族将大，兄弟睦家之肥。"这副铜板楹联镶嵌于乔家"在中堂"大门上，是晚清重臣李鸿章撰写赠予乔家的一副对联，意思是子孙贤能，家族将繁盛壮大；兄弟和睦，家庭能富贵利达。古语讲"家和万事兴"，该联蕴涵着中国传统的和谐、包容、大度等"和为贵"治家理念。

"损人欲以复天理，蓄道德而能文章。"这副楹联雕刻于乔家"在中堂"大门对面的"百寿图"照壁两侧，是晚清军政大臣左宗棠为乔家题写的，意思是减少个人私欲，以恢复人之本性，顺应自然天理；积蓄修养道德，才能符合礼乐法度、社会规范。

"经济会通守纪律，言词安定去雕镌。"这副楹联雕刻于"在中堂"大门外照壁两侧，意思是在经营事业或与人进行商业来往时，行为要遵守社会道德法纪，诚信规范；与人交谈时要使人心安，说话去除雕琢修饰，真诚实在。

"履中蹈和"这块匾额悬挂于"在中堂"大门的阁楼上。"履中"原指走路脚不偏，这里意为遵循中庸之道。"蹈和"指处世待人平和诚恳。该匾意思是秉承中庸之道，以和为贵，中正谦和。宅院主人名字乔致庸与堂名"在中堂"皆取儒家核心思想"中庸""执两用中"之意。乔家以此治家，讲究忠厚和睦，不偏不倚，和而不同。

"宽宏坦荡福臻家常裕，温厚和平荣久后必昌。"这副楹联挂于乔家私塾院正堂门楼，意思是处世心地宽宏坦荡，就会福至运达，家族时常富裕；待人性情温厚平和，才能荣耀久长，后辈必定昌盛。该联充分体现了儒家的修身治家思想。

知 识 点 击

在中国古代多施行重农抑商的经济政策下，依然出现了很多的巨商富贾，他们富可敌国，其宅院自然十分宏伟，令人叹为观止，更在时间的反复打磨下，愈加彰显不凡气度。比如：民间故宫——王家大院，北

197

方民居建筑的一颗明珠——乔家大院，还有万荣李家大院，新田龙家大院、石家大院，西安高家大院等。

在这些名宅大院里，楹联匾额体现家族发展的核心理念，彰显着家风家训，传达着对治家教子、为人处世的基本原则。

"千门万户曈曈日，总把新桃换旧符。"这是普通老百姓的热闹，但是在古老的名宅大院里，那些木刻、砖雕的对联匾额，却几百年如一日地镌刻在门前。对于当年居住在院子里的人而言，日日进进出出，这些经典的对联，都曾是他们每个人的座右铭，教他们做人、做事。

尤其是山西晋商宅院，不仅在中国建筑史上留下浓墨重彩的一笔，同时也为后人留下诸多的匾文楹联。这些文字，向我们展示了明清晋商的思想观念、文化修养、艺术品位、处世之道以及家风家训，向家族后辈以及普罗大众宣示着"修德""敬业""耕读""履和"等积极的处世理念。如灵石王家大院恒贞堡三甲东存厚堂松竹院正厅后的木雕联："继祖宗一脉真传克勤克俭，示儿孙两条正路惟读惟耕。"全联通俗明白地以祖训和经验教导儿孙，种田读书，一定要勤奋勤勉勤恳，不偷懒；日常生活，一定要节俭节约节制，不奢侈。

小 试 身 手

请你说说对下列其中一副对联的理解，并写出来。

①灵石王家大院恒贞堡二甲西司马第后院隔墙有联：

勤治生俭养德四时足用，忠持己恕及物终身可行。

②乔家大院明楼院一进院门楼有联：

传家有道唯存厚，处世无奇但率真。

③万荣李家大院院门有联：

三省台前设棋枰，欢留朋友；一经楼上藏书籍，遗训子孙。

十三、联颂西递宏村

世界文化遗产西递宏村

西递、宏村是世界文化遗产，也是国家5A级旅游景区。西递、宏村位于安徽省黄山市黟县，是安徽南部民居中最具有代表性的两座古村落，以世外桃源般的田园风光、保存完好的村落形态、工艺精湛的徽派民居和丰富多彩的历史文化内涵而闻名天下。

西递东西长700米，南北宽300米，居民300余户，人口1000余人。因村边有水西流，又因古有递送邮件的驿站，故而得名"西递"，素有"桃花源里人家"之称。整个村落呈船形，四面环山，两条溪流穿村而过，村中街巷沿溪而设，均用青石铺地，整个村落空间自然流畅，动静相宜。街巷两旁的古建筑淡雅朴素，错落有致。西递村现存明、清古民居124幢，祠堂3幢，都堪称徽派古民居建筑艺术之典范。

西递村头的三间四柱五楼的青石牌坊建于明万历六年（1578年），峥嵘巍峨，结构精巧，是胡氏家族地位显赫的象征；村中有座康熙年间建造的"履福堂"，陈设典雅，充满书香气息，厅堂题有"孝弟传家根本，诗书经世文章""读书好营商好效好便好，创业难守成难知难不难"的对联，显示出"儒商"本色。村中另一古宅为"大夫第"，建于清康熙三十年（1691年），为临街亭阁式建筑，原用于观景。"大夫第"门额下有"作退一步想"的题字，语意双关，耐人寻味。

宏村始建于南宋绍熙年间，原为汪姓聚居之地，绵延至今已有800余年，被誉为"中国画里的乡村"。古宏村人规划、建造的牛形村落和人工水系，是当今"建筑史上一大奇观"：巍峨苍翠的雷岗为牛首，参天古木是牛角，由东而西错落有致的民居群宛如庞大的牛躯。引清泉为

"牛肠"，流入村中被称为"牛胃"的月塘后，经过滤流向村外被称作是"牛肚"的南湖。人们还在绕村的河溪上先后架起了四座桥梁，作为牛腿。这种别出心裁的科学的村落水系设计，不仅为村民解决了消防用水问题，而且调节了气温，为居民生产、生活用水提供了便利，创造了一种"浣汲未防溪路远，家家门前有清泉"的良好环境。全村现保存完好的明清古民居有140余幢，古朴典雅，意趣横生。

西递、宏村背倚秀美青山，清流抱村穿户，数百幢明清时期的民居建筑静静伫立。高大奇伟的马头墙有骄傲睥睨的表情，也有跌宕飞扬的韵致；灰白的屋壁被时间涂划出斑驳的线条，更有了凝重、沉静的效果；还有宗族祠堂、书院、牌坊和宗谱。走进民居，美轮美奂的匾额、楹联、砖雕、石雕、木雕装饰入眼皆是，门罩、天井、花园、漏窗、房梁、屏风、家具，都在无声地展示着精心的设计与精美的手艺。

西递、宏村古民居群是徽派建筑的典型代表，现存完好的明清民居440余幢，其布局之工、结构之巧、装饰之美、营造之精为世所罕见。

知 识 点 击

西递、宏村是徽州古民居遗产的代表，在中国民居建筑史上独树一帜，故而被列入世界文化遗产名录。然而，更使人流连忘返、品味再三的是民居厅堂宅院中装潢精美、字体隽秀、风格迥异、高雅大气、充满哲理的楹联。

黟县西递、宏村的楹联多在室内，恢宏浩繁，按其内容大致可归纳六类：一为崇儒重教类，如"孝弟传家根本，诗书经世文章"；二为传家之道类，如"绵世泽莫如积德，振家声还是读书"；三为修身养性类，如"寿本乎仁乐生于智，勤能补拙俭可养廉"；四为经商之道类，如"快乐每从辛苦得，便宜多自吃亏来"；五为积德行善类，如"守身如执玉，积德胜遗金"；六为抒情言志类，如"静者心多妙，飘然思不群"。

这些楹联或将中国传统礼教和家风家训，利用楹联形式，灌注于人脑，让子孙后代传留；或寄情山水，直抒胸臆，言成才、成事之体会，抒立业富家之豪情；或描景绘色，诗情画意，与胜景相得益彰；或借物抒怀，画龙点睛，使建筑的氛围升华增辉。

西递宏村古朴典雅的民居和古建筑内一副副木制平面与半弧形的阴刻或阳雕、镏金或金星墨高雅大气古楹联，形成浓厚的文化氛围。联文不仅充满对生活态度、人生理念和写景、言志、抒情的雅趣，以及治家、处事、诫示的告白，也是集中国书法真、草、隶、篆、行之大成的艺术宝库，给居室环境增添了无穷的幽雅与韵味，给游人以高品位的艺术享受和深刻的思想启迪。观之赏之仿佛置身于久远的历史文化长廊之中，让人深感徽文化的博大精深，如华英绽放，异彩纷呈。

小 试 身 手

请你根据上面"知识点击"的相关内容，将下列楹联进行分类，写在括号里。

①诗书执礼，孝弟力田。   （　　）

②欲高门第须为善，要好儿孙必读书。   （　　）

③事临头三思为妙，怒上心一忍最高。   （　　）

④能吃苦乃为志士，肯吃亏不是痴人。   （　　）

⑤教子教孙须教义，栽桑栽茶胜栽花。   （　　）

⑥花能解语还多事，石不能言最可人。   （　　）

十四、联颂古城

趣 味 故 事

台儿庄古城楹联背后的故事

"南来北往，灯影桨声，河蕴人间千古景；神荡心驰，水乡渔火，世称天下第一庄。"这是位于台儿庄古城大衙门街西首"水陆通衢"牌坊正面的楹联，描绘了台儿庄因运河而兴再至于繁盛的美好景象，置身其中达到一种悠然心境，令人心神向往。

台儿庄历史悠久，文化底蕴丰厚，孕育产生了品位极高的楹联文化。台儿庄古城里的官衙、驿馆、会馆、民居、商铺、亭台、牌坊等建筑上的楹联形成了浓厚的文化氛围，让每位游客仿佛置身于久远的历史文化长廊，增添了历史厚重感。

城门两侧悬挂着的一副楹联既清新又自豪："岸柳河桥，要平摊邗水二分明月；桨声灯影，岂独让秦淮十里轻歌。"读来让人回味良久。

古城的闸官署内镌刻着大量的楹联，作为主要负责管辖运河船闸、河道的工程防护和漕运治安等衙门机构，其楹联内容主要反映了台儿庄运河及漕运的重要性。在迦河开通上，舒应龙、刘东星、李化龙三人"殚心国事，不恤人言，尽智竭力，前后相继，疏凿挑浚"，充分体现人们对"迦河三公"人生志向追求和精神品格的褒扬。

民居楹联比重较大，这不单是因为历史上的台儿庄曾出现过台、花、郁、马、燕、尤、赵、万等家族，更重要的是一些繁盛富庶的家族有条件来研究和营造文化，通过楹联为居室环境增添了几分雅气。因为各家创业道路、经历不一样，楹联的主题也不一样。有的侧重表达儒学礼教，有的强调勤苦创业。

从万家大院的大门楹联——"名高四大家，胤嗣新风传孝道；叶茂三千岁，公孙老树佑福门"可以看出，其先人是以忠孝传家。

陈家大院有一处楹联为"勤俭持家，惠木良禽集心府；谦恭处世，德风华雨满庭除"。整体要表达的是"惠风和畅"之意，表现主人一种严于律己、宽以待人的谦让之风。

古城楹联或叙事描写、或状景抒情、或托物言志，叙事者历史久远，状景者气度不凡，言志者意境深远。有的通俗，有的深刻，把古城的历史镶嵌进楹联。欣赏这些楹联，细细揣摩，一定能品味其中深邃的美感。

在中国5000多年悠久灿烂的历史文化中，有着众多的历史文化名城，洋溢着浓厚的民族风格和地方特色。目前，"中国保存最为完好的四大古城"是云南丽江古城、山西平遥古城、四川阆中古城、安徽徽州古城。

丽江古城具有800多年历史，街道不拘于工整而自由分布，主街傍水，小巷临渠，300多座古石桥与河水、绿树、古巷、古屋相依相映，极具高原水乡古树、小桥、流水、人家的美学意韵，被誉为"东方威尼斯""高原姑苏"。其充分利用城内涌泉修建的多座"三眼井"，上池饮用，中塘洗菜，下流漂衣，是纳西族先民智慧的象征，是当地民众利用水资源的典范杰作，充分体现了人与自然和谐统一。"三坊一照壁，四合五天井，走马转角楼"式的瓦屋楼房鳞次栉比，既突出结构布局，又追求雕绘装饰，外拙内秀，玲珑轻巧，被中外建筑专家誉为"民居博物馆"。

平遥古城是一座具有2700多年历史的文化名城，也是中国仅有的以整座古城申报世界文化遗产获得成功的两座古县城之一（另一座为丽江古城）。平遥古城是中国境内保存最为完整的一座古代县城，是中国明清时期汉民族城市的杰出范例，在中国历史的发展中，为人们展示了一幅非同寻常的文化、社会、经济及宗教发展的完整画卷。

阆中古城位于四川盆地东北部，嘉陵江中游，战国时曾为巴国最后一个首都。明清之际曾作为四川临时省会达19年，至今已有2300多年的历史。阆中古城被誉为四川最大的"风水古城"，保存较好，素有"阆苑仙境""巴国蜀国要冲之地"等美誉。2006年，阆中市被联合国地名研究机构正式命名为"世界千年古县"。2010年，阆中被中国民间文艺家协会授予"中国春节文化之乡"。

徽州古城坐落于国家历史文化名城歙县县城徽城镇中心，千年徽州府治所在地，内有许国石坊、许国相府、南谯楼、阳和门、徽州府衙、徽园以及斗山街等府城街巷，还有江南都江堰渔梁古坝，中国历史文化名街渔梁街等，是展示和体现徽州文化的重要实物建筑，集中体现了明清时期的汉族文化特色。

这些古城大多历史悠久，人杰地灵，人才辈出，文化底蕴深厚，具有内涵丰富的楹联文化。

小 试 身 手

平遥古城随处可见内容丰富的楹联，涉及面广，砖雕木刻，形式多样，正草隶篆，字体各异，琳琅满目，异彩纷呈。今天，让我们跟随对联内容游览平遥古城，请你选择合适的景点序号填到括号内。

在（　　）仪门正面悬有对联寓意秉公执法，赏罚分明：门外四时春，和风甘雨；案内三尺法，烈日严霜。

在（　　）两侧有对联把戏曲精妙展示得淋漓尽致：能文能武能神鬼，数十人千变万化；可家可国可天下，二三步四海五洲。

"善游此地心不惭，恶过吾门胆自寒。"此联题于（　　），劝诫人们积善积德。

"如日之升，独有雄才先冠昔；其昌可记，长留显誉盛传今。"此联题于（　　），其作为中国第一家专营存款、放款、汇兑业务的私人金融机构，开中国银行业之先河，此联赞誉实至名归。

在平遥古城南大街的（　　）有对联：大智大勇威震四方，立信立义诺重千斤。

A.县衙

B.白虎神庙戏台

C.城隍庙

D.日升昌票号

E.同兴公镖局

十五、联颂桂林山水

桂林山水的神话传说

人们都说："桂林山水甲天下，阳朔山水甲桂林。"走进桂林，就像是走进了连绵不断的画卷，这优美的风景是怎么来的呢？

话说王母娘娘的蟠桃盛会被孙悟空搅黄了，天庭的四大仙女嫦娥、织女、麻姑和元女便结伴游览瑶池的风光。一路上只见仙山琼阁，玉树银花，一派迷人的风光。

她们一边欣赏，一边议论着，织女突发奇想：不如到人间去，各自选个地方施展法力，造一座园林，看谁造得更美？其他三位仙女欣然同意，于是决定三日内看谁能造出人间最美的园林。

第一天，麻姑在现今的云南省路南县造出了一片石林，就是现在的云南石林，堪称"天下第一奇观"。麻姑喜不自禁。第二天，织女选中了杭州，造出了西湖美景，织女不禁笑靥如花。第三天，元女来到了现在的洛阳，大展法力造出了名扬海外的龙门石窟。她玉手一指，遍地开满了姹紫嫣红的牡丹。元女看着自己的佳作甚为得意。

三天来，嫦娥到处找寻，总是找不到满意的地方。眼看约定的时间就要到了，她急忙向南飞去，路过如今的桂林，眼见赤地荒芜，无山无水，百姓生活困苦。嫦娥不禁动了恻隐之心。

于是，嫦娥从月宫取来桂树种子，种下了遍地的桂花树，从此便有了"桂林"这个美丽的名字。她又乘着五彩祥云来到北方崇山峻岭之间，向着群山吹了一口仙气，将一座座大山变成了一匹匹骏马。她自己骑上一匹快马，带领着马群一路跋涉来到了桂林。

嫦娥把马群变回石山，并且按照自己的设想摆放这些大山，使得桂林群峰耸立、奇洞幽深，再加上一片片桂树林，简直是美不胜收。嫦娥欣赏着自己的作品，突然发觉桂林虽美，但仍缺少一湾溪水。

嫦娥想到瑶池"借水"，但是王母娘娘早就发觉她们的所作所为，已派天兵天将将瑶池把守起来，就连天河也看守得滴水不漏。

正在嫦娥愁眉不展的时候，南海观世音菩萨路过这里，被桂花的奇香吸引，见到这里奇峰林立，鬼斧神工，不禁大加赞赏。当她环顾四周时发现少了一条江河，觉得少了些灵气。

嫦娥赶快来到菩萨面前问道："不知菩萨可有妙方？"菩萨闻言说道："这有何难，只要你在这群山之间开出一条河道，再将我这玉瓶中的水倒入，不就碧波荡漾，水到渠成了吗？"

嫦娥听了顿时眉开眼笑，接了玉瓶，谢过菩萨就去开凿河道。菩萨一再叮嘱嫦娥，第二日五更必须归还宝瓶，否则将会被关在月宫，不许离开一步。嫦娥满口答应，便开始在群山间选择合适的河道。嫦娥仙子不停地构思，始终没找到合适的位置。

这时，天鸡报晓打断了她的沉思，她决定冒着被菩萨惩罚的危险，完成她设想的河道。正当嫦娥忙得起劲时，太阳神的车轮已跃上东山，她一吃惊，将手中的玉瓶掉入河道，瓶中的水瞬时流出，一股清流缓缓向南流去，桂林顿时水波荡漾，倒映成辉。因为嫦娥的错误，观音菩萨的宝瓶变成了净瓶山，菩萨很生气，责令嫦娥归天。

嫦娥和桂林的百姓分别的时候，泪水洒满江河，于是百姓们就把这条河取名为漓江。

从此，桂林的山水便名扬海内外了。

知识点击

在中华传统文化中，楹联占有一席之地。研究楹联的历史，便绕不开我国第一部系统研究楹联的著作《楹联丛话》，其是清代道光年间广西巡抚兼署学政梁章钜花了两年的时间完成的。梁章钜在中国文学史上继诗话、词话之后，独创联话文体，开我国楹联史之先河。

梁章钜一生著作等身，是一位精于楹联创作的高手，在桂林任广西巡抚期间，创作了不少与桂林山水有关的楹联。比如他为独秀峰五咏堂写的楹联："得地领群峰，目极舜洞尧山而外；登堂怀往哲，人在鸿轩凤举之中。"他给叠彩山中福亭写的楹联："金碧焕楼台，远眺盘龙，近招白鹤；烟云生几席，风来北牖，亭对南熏。"这些脍炙人口的楹联一直流传至今。

◆ 小 试 身 手 ◆

桂林山水是对桂林旅游资源的总称。这里有着举世无双的喀斯特地貌。这里的山，平地拔起，千姿百态；漓江的水，蜿蜒曲折，明洁如镜；山多有洞，洞幽景奇，瑰丽壮观；洞中怪石，鬼斧神工，琳琅满目，于是形成了"山清、水秀、洞奇、石美"的桂林"四绝"。因此自古就有"桂林山水甲天下"的美誉。

有很多描述桂林优美景色的长联为人们津津乐道。1984年秋，语言学大师王力先生应桂林市政府之邀，为桂林市七星公园月牙山上小广寒楼撰写一副138字长联，联曰：

甲天下名不虚传：奇似黄山，幽如青岛，雅同赤壁，佳拟紫金，高若鹫峰，穆方牯岭，妙逾雁荡，古比虎丘。激动着倜傥豪情：志奋鲲鹏，思存霄汉，目空培塿，胸涤尘埃，心旷神怡消块垒。

冠寰球人皆向往：振衣独秀，探隐七星，寄傲伏波，放歌叠彩，泛舟象鼻，品茗月牙，赏雨花桥，赋诗芦笛。引起了联翩遐想：农甘陇亩，士乐缥缃，工展宏图，商操胜算，河清海晏庆升平。

还有一副长达264字的楹联，是我国美术家、教育家张安治于1986年秋为桂林伏波山公园内修建的"伏波晚棹"牌楼撰写，被称为"漓江长联"。联曰：

洪荒初辟，是群星陨落银河？是女娲补天遗石？千峰竞秀，八桂名城，象鼻低垂，静吸江心皓魄；金鸡对峙，争迎塔顶朝晖；繁花照影，嫔姬献建花桥；龙隐岩中，龙去尚存脊印；高阁伏波，将军壮志堪钦；晴岚叠彩，烈士坚贞不屈。画幛神工，奔腾九骏。仙笛幽奇，惊游幻境魔宫。喜悟空棒在，净土鲸眠，琼林柱华。探春行，芳洲自转，渔唱遥闻，青罗带绕。

清流未远，有众泉汇于苗岭，有史禄分水灵渠。万柳成荫，双湖近郭。凤竹多姿，绿迷沙岸农家；杜鹃无价，红遍冈原牧野；朗月当头，揭帝射穿月窟；珠还洞口，珠圆正待人来；丰碑如海，俊杰挥毫历代；文苑生辉，词宗琢句怀乡。老榕骨健，缠结丛虬。诗情绮丽，久泊兴坪阳朔。看阵雨虹悬，重霄鹰舞，古渡霞飞。寻胜处，莲蕊含娇，锦屏留梦，碧玉簪新。

你还能查到哪些有关桂林山水的长联，请抄录在下面。

_____

_____

十六、联颂祖国山水

趣 味 故 事

一副气象万千绝佳联

沧海日，赤城霞，峨眉雪，巫峡云，洞庭月，彭蠡烟，潇湘雨，广陵涛，庐山瀑布，合宇宙奇观，绘吾斋壁。

少陵诗，摩诘画，左传文，马迁史，薛涛笺，右军帖，南华经，相如赋，屈子离骚，收古今绝艺，置我山窗。

这一副对联在明代小品《小窗幽记》中就已有载，据说是明代文学家李东阳题书斋的对联。并且，此联用魏碑楷书书写，采取龙门对的形式，规矩中有变化，章法布局对称和谐，别有情趣，极富妙意。

此联写得极为精妙。上联中有九处神州的千古胜景奇观。沧海日指的是东海的日出；赤城指赤城山，位于浙江天台县西北，山上赤石并列如屏，望之如霞，"赤城栖霞"为天台八景之一；峨眉雪即峨眉山上的积雪；巫山是重庆市的东大门，是游览长江三峡的必经之地，是长江三峡库区的重镇；洞庭指洞庭湖；彭蠡即彭蠡湖，为鄱阳湖古称；潇湘雨是潇湘八景之一的潇湘夜雨；广陵涛即扬州曲江潮，汉时其势浩大，蔚为壮观；庐山瀑布，唐代诗人李白的《望庐山瀑布》，已成千古绝唱。作者以"合宇宙奇观，绘吾斋壁"结语，说要将这些胜景奇观聚集绘成美妙图画，挂在书斋的墙壁上，以供观赏领略。

下联则包含了九位名人及其绝艺。少陵即杜甫；摩诘即王维；《左传》是编年体春秋史，也称《春秋左氏传》；司马迁所著《史记》，为我国第一部纪传体通史；薛涛笺是唐女诗人薛涛所制成红色诗笺；右军即东晋王羲之，精于书法，被称为书圣；南华经也叫《南华真经》，《庄子》的别称；相如赋是汉文学家司马相如之赋，代表作有《子虚赋》《上林赋》《大人赋》等；屈子便是屈原，代表作品有《离骚》等。作者以"收古今绝艺，置我山窗"结语，说要将这些著作绝艺收藏于山中书信，以供研究探讨。

这副长联以自然奇观对文化杰作，将中国风景和文化作了个精辟的归纳。上联写景，天下奇观历历在目；下联论文，古今奇书皆藏我胸。全联内容丰富，气势恢宏，想象独特，蔚然大观。

知识点击

我国历史悠久，地域辽阔，风景名胜甲天下。古今名人来到这些名山大川、古迹胜地，往往会触景生情，兴致大发，欣然命笔，题写对联。多少年来，对联为风景增添了内涵，风景让对联充满了真趣，相得益彰。

名胜古迹联，是指为某一名胜古迹撰写、镌刻的对联，多用于亭台楼榭、殿阁寺庙、宫庄宅驿、名山大川等古迹处。

楹联是中国名胜古迹里最直观的文化现象。名胜古迹楹联，或镌刻于亭台楼阁，或分贴于寺庙祠墓……以抒发兴致和情怀，文人墨客留下的那些立意深远的楹联佳作，不但为山水增色，美化了环境，又是游人吊古凭史的场所，陶冶了人们的情操，所以历来为人所称道传颂。名胜古迹联就创作手法而言，可分为写景、咏史、叙事、抒情、议论等。

林语堂先生认为："世上有两个文字矿：一个是老矿，一个是新矿。老矿在书中，新矿在普通人的语言中。次等的艺术家都从老矿中去掘取材料，惟有高等的艺术家则会从新矿中去掘取材料。"

新的时代，有新的热点、新的话题、新的人物、新的事件，我们在撰写对联时既要师古遵道，又要把握时代脉搏，与时俱进。如下面这副在"西安九成门征集春联"评选活动中获一等奖的对联：

西出长安，长通欧亚，驼铃唱古今，花雨千秋丝路远；

中兴盛纪，盛轶汉唐，燕剪裁图画，春风万里锦程新。

此联大力讴歌祖国建设新成就和新生事物，弘扬时代主旋律，在"老矿"和"新矿"中找到很好的升华点。

小 试 身 手

请你在下面风景名胜联后括号内填上相对应的景点序号。

一楼萃三楚精神，云鹤俱空横笛在；

二水汇百川支派，古今无尽大江流。   （　　）

依然极浦遥天，想见阁中帝子；

安得长风巨浪，送来江上才人。   （　　）

能攻心则反侧自消，从古知兵非好战；

不审势即宽严皆误，后来治蜀要深思。   （　　）

洞庭西下八百里，
淮海南来第一楼。 （　　）

萃父子兄弟于一门，八家唐宋占三席；
悟骈散诗词之特征，千变纵横识共源。 （　　）

诗酒皆仙，吟魂醉魄归何处；
江山如画，月色涛声共一楼。 （　　）

A.南昌滕王阁

B.武汉黄鹤楼

C.成都武侯祠

D.岳阳岳阳楼

E.眉山三苏祠

F.马鞍山太白楼

第六章　联颂名胜古迹